Brevet pratique

3e

FICHES Maths

Auteur

Stéphane Renouf

Professeur de mathématiques au collège

MAGNARD

Édition : Audrey Sandou

Conception graphique : Yannick Le Bourg et Muriel Ouziane

Mise en pages : Nord Compo

Crédits : fiche 28 © Ernst Wallis et al.

5, allée de la 2e DB - 75015 PARIS
www.magnard.fr

Achevé d'imprimer en France par Estimprim 25110 en novembre 2020
Dépôt légal : janvier 2021 ; N° éditeur : MAGSI20200587

IMPRIM'VERT Votre imprimeur agit pour l'environnement

PEFC 10-31-1093

Sommaire

Nombres et calculs

Organisation et gestion de données

Grandeurs et mesures

Espace et géométrie

Scratch

Arithmétique

1

Les ingrédients

DIVISION EUCLIDIENNE

Effectuer la division euclidienne de a par b, c'est trouver un quotient q et un reste r vérifiant :

$a = b \times q + r$ avec $0 \leq r < b$

Dividende a	Diviseur b
Reste r	Quotient q

Exemple : la division euclidienne de 17 par 5 donne $17 = 5 \times 3 + 2$ avec $0 \leq 2 < 3$.
Le quotient vaut 3 et le reste 2.

MULTIPLES ET DIVISEURS

Lorsque le reste de la division euclidienne de a par b non nul vaut 0 :

- a est un **multiple** de b.
- b est un **diviseur** de a.
- a est **divisible** par b.

Exemple : $15 = 5 \times 3$, donc 15 est un multiple de 3 et de 5.
15 est divisible par 3 et 5 → 5 et 3 sont des diviseurs de 15.

CRITÈRES DE DIVISIBILITÉ

a est divisible par :

- **2** : Si son chiffre des unités est 0, 2, 4, 6 ou 8.
- **3** : Si la somme de ses chiffres est un multiple de 3.
- **5** : Si son chiffre des unités est 0 ou 5.
- **9** : Si la somme de ses chiffres est un multiple de 9.

NOMBRES PREMIERS

Un nombre entier naturel est dit **premier** s'il n'a que deux diviseurs distincts : **1 et lui-même**.

Liste des nombres premiers inférieurs à 30 : **2, 3, 5, 7, 11, 13, 17, 19, 23, 29**.

FRACTIONS IRRÉDUCTIBLES

$\frac{a}{b}$ est une fraction irréductible :
a et b sont des entiers n'admettant **pas de diviseurs en communs**.

La recette pour réussir

SAVOIR FAIRE

Résoudre un problème de partage

- Utiliser la division euclidienne.
- Chercher éventuellement des listes de diviseurs.

Rendre une fraction irréductible

- Établir la liste des diviseurs du numérateur et du dénominateur, en utilisant éventuellement les critères de divisibilité.
- Chercher le plus grand des diviseurs en commun.
- Diviser alors le numérateur et le dénominateur par celui-ci.

ASTUCE DU CHEF

Travailler avec des engrenages

Pour trouver le nombre de tours que doivent effectuer les différentes roues pour retrouver leur position initiale, il faut que chaque roue effectue un nombre entier de tours. Recherchez donc un multiple commun au nombre de dents des deux roues en décomposant ces nombres en produit de nombres premiers.

À VOS FOURNEAUX – EXERCICES BREVET

1 Le pignon 1 comportant 26 dents entraîne la roue 2 qui comporte 48 dents. Au bout de combien de tours cet engrenage sera-t-il de nouveau et pour la première fois dans la même position ?

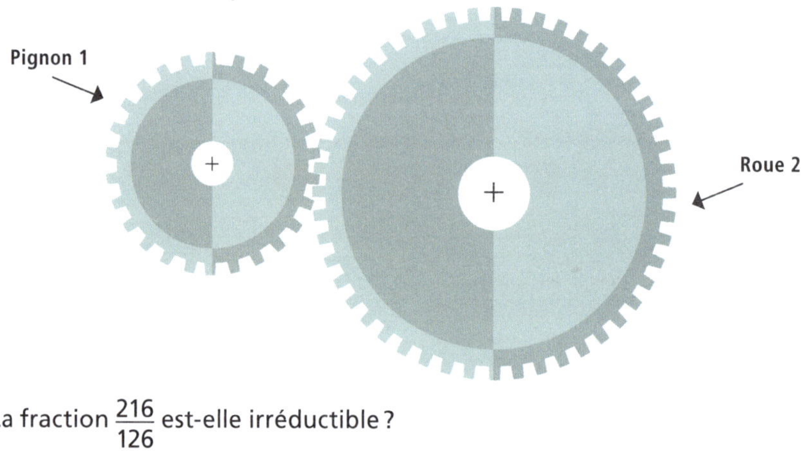

2 La fraction $\frac{216}{126}$ est-elle irréductible ?
Si ce n'est pas le cas, la rendre irréductible en détaillant les étapes.

► Corrigés en fin d'ouvrage

Nombres relatifs : repérage, addition, soustraction

2

Les ingrédients

REPÉRAGE

- Un nombre relatif est formé d'un nombre appelé **distance à zéro** précédé d'un signe + ou –. Cela permet de repérer un point sur une **droite graduée** à l'aide de l'abscisse.

Exemple :

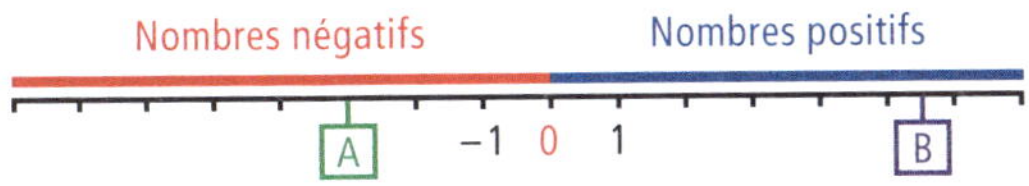

L'abscisse de A vaut –3. L'abscisse de B vaut +5,5. Ce sont des **nombres relatifs**.

> Lorsque le relatif est **positif**, on le note sans le « + ».

- Cela permet aussi de repérer un point en utilisant **deux droites graduées sécantes**.

Exemple : A a pour coordonnées (–2 ; 3).

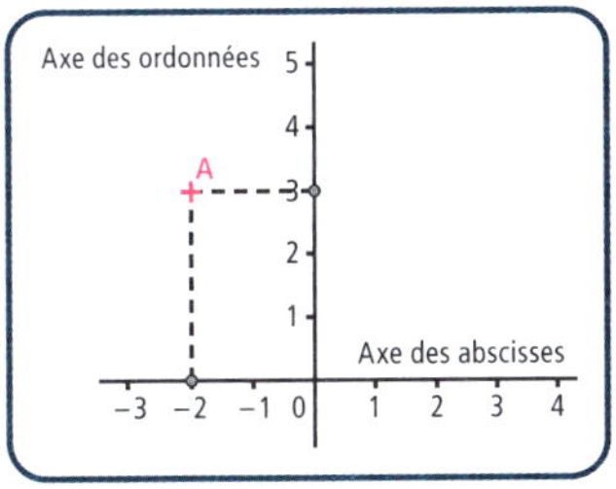

ADDITIONS

Somme de deux nombres relatifs

Ils ont le même signe :
- On garde le signe commun.
- On additionne les distances à zéro.

Il ont des signes différents :
- On garde le signe de celui qui a la plus grande distance à zéro.
- On effectue : « plus grande distance à zéro – plus petite distance à zéro ».

Exemples : (–3) + (–8) = –(3 + 8) = –11 (–5) + (+8) = +(8 – 5) = +3 = 3

> **L'opposé d'un nombre *a*** est le nombre qui, ajouté à *a*, donne 0. Ainsi, l'opposé de 3 est –3.

SOUSTRACTIONS

Soustraire, c'est **ajouter l'opposé**.

Exemple : (–5) – (–6) = (–5) + (+6) = 1 ≠ (–5) – (+6) = (–5) + (–6) = –11

> **Somme algébrique :** suite d'additions et de soustractions de relatifs sans parenthèses. Exemple : 5 + 6 – 7 + 8 – 9.

La recette pour réussir

SAVOIR FAIRE

Repérer des relatifs

- Placer les relatifs sur une droite graduée.
- Les lire de gauche à droite pour les classer dans l'ordre croissant.

Calculer une somme algébrique

- Ajouter les parenthèses pour transformer l'expression en une somme de nombres relatifs.
- Effectuer les calculs de gauche à droite.

Calculer une somme de deux nombres relatifs avec des soustractions

Transformer les soustractions en additions. En effet, soustraire, c'est ajouter l'opposé !

ASTUCES DU CHEF

Classement des relatifs

- Un nombre positif est plus grand qu'un nombre négatif.
- Si les deux nombres sont positifs, le plus grand est celui qui a la plus grande distance à 0.
- Si les deux nombres sont négatifs, le plus grand est celui qui a la plus petite distance à 0.

Calcul rapide d'une somme algébrique

Pour calculer une somme algébrique vous pouvez, pour gagner du temps, rassembler les positifs avec les positifs et les négatifs avec les négatifs.

Obtenir l'opposé

On obtient l'opposé en changeant le signe et en gardant la même distance à zéro.

À VOS FOURNEAUX – EXERCICES BREVET

1 Effectuer les additions et les soustractions suivantes :

A = (–5) + (–3,5)

B = (+3,2) + (+8,2)

C = (–5,2) – (–4,2)

2 Calculer les sommes algébriques suivantes :

D = 4 – 5 + 8 – 9 + 2 – 4

E = – 4 – 5 + 6 + 7 – 8 – 10

3 Donner les valeurs de A, B et C sachant que, dans cette pyramide, le nombre contenu dans une case est la somme des nombres contenus dans les cases du dessous.

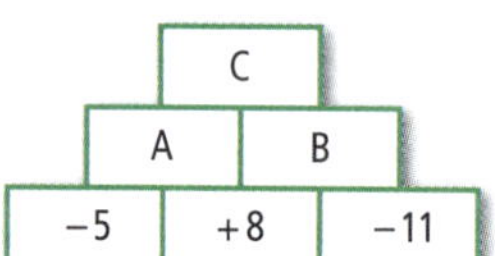

▶ Corrigés en fin d'ouvrage

Nombres relatifs : multiplication et division

3

Les ingrédients

MULTIPLICATIONS

On multiplie les distances à zéro. Pour déterminer le signe, on utilise **la règle des signes** :

Le produit de deux relatifs de même signe est **positif**.

Le produit de deux relatifs de signes contraires est **négatif**.

Exemples :

$A = (-5) \times (-8)$
$= +(5 \times 8)$
$= +40$

$B = (-5) \times (+8)$
$= -(5 \times 8)$
$= -40$

CAS DE PLUSIEURS FACTEURS

- On s'occupe d'abord du **signe** :

Le signe sera + si le nombre de facteurs négatifs est **pair**.

Le signe sera – si ce n'est pas le cas.

- On effectue **le produit** des distances à zéro.

DIVISIONS

Le **quotient de deux relatifs** est un relatif dont la distance à zéro est le quotient des distances à zéro et dont le signe est donné par la règle des signes suivante :

Le quotient de deux relatifs de même signe est **positif**.

Le quotient de deux relatifs de signes contraires est **négatif**.

Exemples : $A = \frac{-3}{-5} = \frac{3}{5} = 3 \div 5 = 0{,}6$ $\qquad B = \frac{8}{-10} = -\frac{8}{10} = -0{,}8$

On ne peut pas diviser par 0.

La recette pour réussir

SAVOIR FAIRE

Connaître la règle des signes pour le produit de deux relatifs

- $+ \times + = +$
- $- \times - = +$
- $+ \times - = - \times + = -$

Connaître la règle des signes pour le quotient de deux relatifs pour deux relatifs

- $+ \div + = - \div - = +$
- $+ \div - = - \div + = -$

ASTUCES DU CHEF

- Le calcul mental permet de gagner du temps lors du calcul de produits.
- Dans un produit de plusieurs facteurs, vous pouvez regrouper les facteurs de même signe ensemble pour gagner du temps.

À VOS FOURNEAUX – EXERCICES BREVET

1 Calculer :

$A = (-3) \times (-5)$

$B = -3 \times 5$

$C = 3 \times (-5)$

$D = 3 \times 5$

2 Calculer :

$E = \dfrac{5}{-2}$

$F = \dfrac{-10}{-5}$

$G = \dfrac{17}{-1}$

$H = \dfrac{-121}{-11}$

3 Vrai ou faux ?

a. Le produit de cinq facteurs égaux à –1 est positif.

☐ Vrai ☐ Faux

b. Le quotient de 0 par 5 vaut 0.

☐ Vrai ☐ Faux

c. Un nombre négatif au carré est toujours négatif.

☐ Vrai ☐ Faux

d. Le produit de –3 par 11 est égal au produit de –11 par 3.

☐ Vrai ☐ Faux

► Corrigés en fin d'ouvrage

Fractions

4

Les ingrédients

ADDITIONS ET SOUSTRACTIONS

Pour additionner ou soustraire des fractions, il faut qu'elles aient un **même dénominateur**. On a alors, pour tous nombres réels a, b et c avec $c \neq 0$:

$$\frac{a}{c} + \frac{b}{c} = \frac{a+b}{c} \quad \text{et} \quad \frac{a}{c} - \frac{b}{c} = \frac{a-b}{c}$$

Exemples : $A = \frac{5}{3} + \frac{8}{3} = \frac{5+8}{3} = \frac{13}{3}$ $\quad B = \frac{3}{5} - \frac{2}{3} = \frac{3 \times 3}{5 \times 3} - \frac{2 \times 5}{3 \times 5} = \frac{9}{15} - \frac{10}{15} = -\frac{1}{15}$

MULTIPLICATIONS

On multiplie les numérateurs entre eux et les dénominateurs entre eux.
On a alors, pour tous nombres réels a, b, c, d avec $b \neq 0$ et $d \neq 0$:

$$\frac{a}{b} \times \frac{c}{d} = \frac{a \times c}{b \times d}$$

Exemples : $A = \frac{3}{4} \times \frac{5}{7} = \frac{3 \times 5}{4 \times 7} = \frac{15}{28}$

$B = -\frac{5}{7} \times \frac{3}{-10} = \frac{-5 \times 3}{7 \times (-10)} = \frac{-15}{-70} = \frac{3 \times 5}{14 \times 5} = \frac{3}{14}$

Inverse d'une fraction : pour tous nombres réels a et b non nuls, l'inverse de $\frac{a}{b}$ est $\frac{b}{a}$.

DIVISIONS

Diviser, c'est multiplier par l'inverse. Pour tous nombres réels a, b, c, d avec $b \neq 0$, $c \neq 0$ et $d \neq 0$:

$$\frac{a}{b} \div \frac{c}{d} = \frac{a \times d}{b \times c} \quad \text{ou encore} \quad \frac{\frac{a}{b}}{\frac{c}{d}} = \frac{a \times d}{b \times c}$$

Exemples : $A = \frac{3}{4} \div \frac{5}{7} = \frac{3 \times 7}{4 \times 5} = \frac{21}{20}$ $\quad B = \frac{\frac{4}{5}}{\frac{6}{7}} = \frac{4 \times 7}{5 \times 6} = \frac{28}{30} = \frac{2 \times 14}{2 \times 15} = \frac{14}{15}$

La recette pour réussir

SAVOIR FAIRE

Mettre sous un même dénominateur

Pour tous nombres réels **a, b, k** avec **b ≠ 0** et **k ≠ 0** :

$$\frac{a}{b} = \frac{a \times k}{b \times k}$$

Additionner/soustraire deux fractions

Pour tous nombres réels **a, b** et **c** avec **c ≠ 0** :

$$\frac{a}{c} + \frac{b}{c} = \frac{a+b}{c} \text{ et } \frac{a}{c} - \frac{b}{c} = \frac{a-b}{c}$$

Multiplier deux fractions

Pour tous nombres réels **a, b, c, d** avec **b ≠ 0** et **d ≠ 0** :

$$\frac{a}{b} \times \frac{c}{d} = \frac{a \times c}{b \times d}$$

Diviser une fraction par une autre

Pour tous nombres réels **a, b, c, d** avec **b ≠ 0, c ≠ 0** et **d ≠ 0** :

$$\frac{a}{b} \div \frac{c}{d} = \frac{a \times d}{b \times c} \text{ ou } \frac{\frac{a}{b}}{\frac{c}{d}} = \frac{a \times d}{b \times c}$$

ASTUCES DU CHEF

- Il faut toujours respecter les priorités opératoires : les multiplications et divisions sont prioritaires sur les additions et soustractions. On commence toujours par les calculs entre parenthèses.
- Avant de commencer les calculs, observez les fractions et simplifiez celles qui sont simplifiables.
- Pour additionner ou soustraire deux fractions, il faut rechercher le dénominateur commun le plus petit pour simplifier les calculs.
- Il faut toujours donner les résultats sous une forme irréductible (simplifiée au maximum).

À VOS FOURNEAUX – EXERCICES BREVET

1 Calculer, en détaillant les étapes :

$$A = \frac{3}{5} + \frac{1}{2} \times \frac{4}{6}$$

$$B = \frac{\frac{2}{3} + \frac{5}{6}}{7}$$

2 Calculer :

$$1 + \frac{1}{2} + \frac{2}{3} + \frac{3}{4}$$

► Corrigés en fin d'ouvrage

Racines carrées

5

Les ingrédients

RACINE CARRÉE D'UN NOMBRE POSITIF

Soit a un nombre positif. La racine carrée de a est le nombre positif dont le carré vaut a. Ce nombre se note $\sqrt{a}$.

Exemple : 7 est positif, son carré vaut 49, donc $\sqrt{49} = 7$.

Le symbole $\sqrt{\ }$ est appelé **radical**, le nombre sous le trait horizontal du radical est appelé **radicande**.

Propriété

Si a est un nombre positif, alors $\sqrt{a^2} = a$ et $\sqrt{a}^2 = a$.

Exemples : $\sqrt{6^2} = 6$ et $\sqrt{1,7^2} = 1,7$.

OBTENTION D'UNE RACINE CARRÉE

- Un carré parfait est **le carré d'un nombre entier**.

Liste des premiers carrés parfaits

$1 = 1^2$	$4 = 2^2$	$9 = 3^2$	$16 = 4^2$	$25 = 5^2$	$36 = 6^2$
$49 = 7^2$	$64 = 8^2$	$81 = 9^2$	$100 = 10^2$	$121 = 11^2$	$144 = 12^2$

Pour déterminer mentalement la racine carrée d'un carré parfait, il faudra connaître ces valeurs par cœur, ainsi : $\sqrt{121} = 11$.

- On obtient $\sqrt{2} \simeq 1,4142...$ en tapant la séquence de touches suivantes à la calculatrice :

Casio® : [seconde] [x^2] 2 [EXE] [S↔D]

TI® : [2nde] [x^2] 2 [Entrer] [(aff)]

- Certaines racines carrées peuvent s'écrire sous la forme $a\sqrt{b}$ avec a et b les nombres entiers les plus petits possibles. Pour déterminer les valeurs de a et b, il faut utiliser la calculatrice en mode **simplification automatique**.

Exemple : $\sqrt{180} = 6\sqrt{5}$

La recette pour réussir

SAVOIR FAIRE

Obtenir une racine carrée

• Si l'on cherche la racine carrée d'un carré parfait, il faut utiliser le calcul mental.

• Si l'on cherche la racine carrée de *a* qui n'est pas un carré parfait, on utilise la calculatrice scientifique :

Casio® : [seconde] [x^2] *a* [EXE] [S↔D]

TI® : [2nde] [x^2] *a* [Entrer] [(aff)]

Encadrer une racine carrée à l'aide des carrés parfaits

• On utilise la règle suivante : si *a* et *b* sont deux nombres positifs, et si $a < b$, **alors** $\sqrt{a} < \sqrt{b}$.

• Pour encadrer l'unité $\sqrt{7}$, on encadre 7 entre deux carrés parfaits. On a : $4 < 7 < 9$, d'où $\sqrt{4} < \sqrt{7} < \sqrt{9}$, c'est-à-dire $2 < \sqrt{7} < 3$.

ASTUCES DU CHEF

• La racine carrée d'un nombre négatif n'existe pas !

• $\sqrt{0} = 0$ et $\sqrt{1} = 1$.

• Pour gagner du temps, il faut toujours vérifier si le nombre dont on cherche à déterminer la racine carrée fait partie de la liste des carrés des premiers nombres entiers.

• Le nombre $\sqrt{2}$ n'admet pas d'écriture décimale exacte, il ne peut pas s'écrire sous la forme d'un quotient de deux nombres entiers, on dit qu'il est irrationnel.

À VOS FOURNEAUX – EXERCICES BREVET

1 a. Donner une valeur approchée au centième de $\sqrt{7}$.

b. Donner une valeur approchée au dixième de $\dfrac{\sqrt{5}+1}{2}$.

(d'après DNB 2017)

2 La distance *d* de freinage d'un véhicule dépend de sa vitesse et de l'état de la route. On peut la calculer à l'aide de la formule suivante :

> **$d = kV^2$ avec d : distance de freinage en m, k coefficient d'adhérence sans unité et V : vitesse du véhicule en m/s.**

$k = 0{,}14$ sur route mouillée et $k = 0{,}08$ sur route sèche.

a. Quelle est la vitesse du véhicule dont la distance de freinage sur route mouillée est égale à 15 m ?

b. Quelle est la vitesse du véhicule dont la distance de freinage sur route sèche est égale à 50 m ?

(d'après DNB 2017)

► Corrigés en fin d'ouvrage

Puissances

6

Les ingrédients

DÉFINITION

- Soient a un réel non nul et n un entier naturel avec $n \geq 2$.
- a^n se lit **« a puissance n »** ou **« a exposant n »**.
- Par convention, $a^0 = 1$ et $a^1 = a$.
- Pour $n \geq 1$, a^{-n} est l'inverse de a^n. → Donc $a^{-n} = \dfrac{1}{a^n}$.

$$a^n = \underbrace{a \times a \times \ldots \times a}_{n \text{ facteurs}}$$

Exemples : $3^2 = 3 \times 3 = 9$

$5^3 = 5 \times 5 \times 5 = 125$

$7^0 = 1$

$2^{-2} = \dfrac{1}{2^2} = \dfrac{1}{4}$

OPÉRATIONS ET PUISSANCES

Si a et b sont **deux réels non nuls** et si n et p sont des **entiers relatifs**, alors :

$a^n \times a^p = a^{n+p}$	$a^n \times b^n = (ab)^n$	$(a^n)^p = a^{n \times p}$	$\dfrac{a^n}{a^p} = a^{n-p}$	$\left(\dfrac{a}{b}\right)^n = \dfrac{a^n}{b^n}$

Exemples : $3^2 \times 3^{-4} = 3^{2-4} = 3^{-2}$

$\dfrac{5^2}{5^{-8}} = 5^{2-(-8)} = 5^{2+8} = 5^{10}$

$(3^2)^5 = 3^{2 \times 5} = 3^{10}$

$3^2 \times 5^2 = (3 \times 5)^2 = 15^2$

$\left(\dfrac{3}{4}\right)^2 = \dfrac{3^2}{4^2} = \dfrac{9}{16}$

$4^0 \times (4^5)^3 = 1 \times 4^{15} = 4^{15}$

CAS DES PUISSANCES DE 10

Si n et p sont des entiers relatifs, alors :

- $10^n \times 10^p = 10^{n+p}$
- $\dfrac{10^n}{10^p} = 10^{n-p}$
- $(10^n)^p = 10^{n \times p}$

ÉCRITURE SCIENTIFIQUE D'UN NOMBRE

Elle est de la forme $a \times 10^n$ où a s'écrit avec un seul chiffre non nul avant la virgule et n est un nombre entier relatif. Le nombre a est appelé **mantisse** du nombre.

La recette pour réussir

SAVOIR FAIRE

Calculer en respectant les priorités

- Commencer par les calculs entre parenthèses.
- Isoler et calculer les puissances.
- Effectuer les multiplications et les divisions.
- Effectuer les additions et les soustractions.

Obtenir l'écriture décimale d'une puissance de 10

- 10^n s'écrit à l'aide de 1 suivi de *n* zéros.
- 10^{-n} s'écrit à l'aide de 1 précédé de *n* zéros.

Obtenir l'écriture scientifique d'un nombre

- Déplacer la virgule pour avoir un seul chiffre non nul avant la virgule.
- Multiplier par la puissance de 10 correspondante.

ASTUCES DU CHEF

- N'oubliez pas que 0^0 n'existe pas !
- Un nombre au carré est toujours positif.
- Ne confondez pas l'inverse et l'opposé. L'opposé de *a* est $-a$.
- Pour comparer des nombres en écritures scientifiques, comparez d'abord les exposants, puis, si ceux-ci sont égaux, comparez les mantisses.
- Préfixes usuels et puissances de 10 :

Nano	10^{-9}
Micro	10^{-6}
Milli	10^{-3}
Kilo	10^3
Méga	10^6
Giga	10^9

À VOS FOURNEAUX – EXERCICES BREVET

1 On admet qu'un morceau de musique représente 3 Mo de mémoire (avec 1 Mo = 1 méga-octet). Combien de morceaux de musique peut-on télécharger sur une clé USB d'une capacité de stockage de 256 Mo ?

(d'après DNB 2010, Pondichéry)

2 Donner l'écriture décimale de $2,53 \times 10^{15}$.

3 Calculer, en détaillant chaque étape :

$(3 + 5 \times 2)^2 - 5^2$

► Corrigés en fin d'ouvrage

Calcul littéral : développer-factoriser

7

Les ingrédients

GÉNÉRALITÉS

Pour établir des liens entre différentes grandeurs, pour traduire une situation ou utiliser une formule, on utilise **des lettres pour représenter les inconnues** ; cela constitue une expression littérale. La lettre est alors appelée **une variable**.

Simplifier une expression littérale, c'est l'exprimer d'une manière plus simple. On peut simplifier l'expression en regroupant des termes entre eux. On parlera alors de forme simplifiée réduite. Exemple : $5 \times a + 30 + 2 \times a = 5a + 30 + 2a = 5a + 2a + 30 = 7a + 30$.

DISTRIBUTIVITÉ SIMPLE

Pour tous nombres réels a, b et k :

$$k(a + b) = ka + kb$$

DOUBLE DISTRIBUTIVITÉ

Pour tous nombres réels a, b, c et d :

$$(a + b)(c + d) = ac + ad + bc + bd$$

Exemples : $(a + 5)(a + 1) = a \times a + a \times 1 + 5 \times a + 5 \times 1 = a^2 + a + 5a + 5 = a^2 + 6a + 5$ et $(x^2 - 5)(x + 2) = x^2 \times x + x^2 \times 2 + (-5) \times x + (-5) \times 2 = x^3 + 2x^2 - 5x - 10$

Développer, c'est transformer un produit en une somme.
Pour cela, on peut utiliser les formules de distributivité.

Factoriser, c'est transformer une somme ou une différence en un produit.
Pour cela, on peut utiliser les formules de distributivité ou $a^2 - b^2 = (a - b)(a + b)$.

Exemples : factoriser $A = a^2 + 5a$ et $B = (x + 2)^2 - 3(x + 2)(x + 1)$.

- Pour A : a est un facteur commun, d'où $A = a^2 + 5a = a \times (a + 5) = a(a + 5)$.
- Pour B : $(x + 2)$ est un facteur commun, d'où $B = (x + 2)^2 - 3(x + 2)(x + 1) = (x + 2)[(x + 2) - 3(x + 1)] = (x + 2)(x + 2 - 3x - 3) = (x + 2)(-2x - 1)$.

Développer $C = (x - 3)(2x - 5)$.

$C = 2x^2 - 5x - 6x + 15 = 2x^2 - 11x + 15$

La recette pour réussir

SAVOIR FAIRE

Calculer la valeur d'une expression littérale pour certaines valeurs des inconnues

- Remplacer les inconnues par leurs valeurs en faisant apparaître les signes × qui ont été simplifiés.
- Respecter les priorités opératoires.

Factoriser une expression

Il faut toujours rechercher un facteur commun, c'est-à-dire un facteur qui se répète.

ASTUCES DU CHEF

- Pour développer une expression, tracez des flèches pour symboliser la distribution des facteurs. Chaque flèche représentera donc une multiplication.
- Pour factoriser, vous pouvez souligner le facteur commun, cela vous aidera pour la suite.
- Pour factoriser, il faut parfois développer puis réduire à l'intérieur des crochets.

À VOS FOURNEAUX – EXERCICES BREVET

1 Voici un programme de calcul :

- Choisir un nombre.
- Soustraire 3.
- Calculer le carré du résultat obtenu.

On appelle x le nombre choisi au départ et on exprime le résultat du programme de calcul en fonction de x.

a. Montrer que ce résultat peut s'écrire sous forme développée réduite : $x^2 - 6x + 9$.

b. Quel sera le résultat si $x = -2$?

(d'après DNB 2018, Pondichéry)

2 Développer et réduire l'expression A.

$A = 2x(x - 1) - 4(x - 1)$

(d'après DNB 2018, Amérique du Nord)

3 Factoriser :

$B = (3x + 2)^2 - (x + 7)(3x + 2)$

(d'après DNB 2018, La Réunion)

▶ Corrigés en fin d'ouvrage

Équation

8

Les ingrédients

ÉQUATION DU TYPE $ax = b$

Si $a = 0$ et $b \neq 0$, alors l'équation n'admet **pas de solutions**.

Si $a = 0$ et $b = 0$, alors l'équation admet **une infinité de solutions**.

Si $a \neq 0$, alors l'équation admet pour **solution $\frac{b}{a} x$**.

Exemple : la solution de $3x = 5$ est $\frac{5}{3}$.

ÉQUATION DU TYPE $x + a = b$

La solution de l'équation $x + a = b$ est **$b - a$**.

Exemple : la solution de $x + 5 = 3$ est -2.

Une équation du **premier degré** est du type $ax + b = cx + d$.

ÉQUATION PRODUIT

Une équation **produit** est une équation de la forme $(ax + b)(cx + d) = 0$ où a, b, c et d sont des **nombres réels**.

Si un produit de deux facteurs est nul, alors l'un des deux facteurs, au moins, est nul.

Exemple : résolution de $(3x + 5)(x - 2) = 0$.

Il s'agit d'une équation produit, alors l'un des facteurs au moins est nul.

$3x + 5 = 0$ ou $(x - 2) = 0$, donc → $x = \frac{5}{3}$ ou $x = 2$. $\frac{5}{3}$ et 2 sont les solutions.

Pour **vérifier si une valeur est la solution d'une équation**, on remplace l'inconnue par la valeur et on calcule le membre de gauche, puis le membre de droite de l'équation. S'il y a égalité, la valeur est bien la solution de l'équation, si ce n'est pas le cas, elle n'est pas la solution.

La recette pour réussir

SAVOIR FAIRE

Résoudre une équation du premier degré

- Développer les produits s'il y en a.
- Regrouper les termes en x d'un côté et les autres termes de l'autre côté.
- Effectuer les calculs pour se ramener à une équation du type $ax = b$.
- Résoudre l'équation obtenue.
- Vérifier que la valeur obtenue est bien solution.

Résoudre une équation produit

- Il faut toujours résoudre séparemment les égalités à zéro de chaque facteur.
- Ensuite, il faut donner l'ensemble des solutions (qui est constitué de toutes les solutions précédentes).

ASTUCE DU CHEF

Équation du premier degré

- Résoudre une équation du premier degré consiste à la ramener à une équation du type $ax + b$ ou $x = a = b$.
- Pour cela, éliminez le coefficient devant x, en divisant par celui-ci les deux membres de l'équation.
- Il faut toujours vérifier si les solutions obtenues sont bien les solutions de l'équation.

À VOS FOURNEAUX – EXERCICES BREVET

1 Résoudre les équations suivantes :

a. $x + 3 = 7$

b. $x + \frac{1}{7} = \frac{2}{3}$

c. $5x = 7$

d. $3x = -7$

e. $3x + 5 = x - 5$

f. $3(x + 7) = 5x$

2 Résoudre l'équation suivante en détaillant les étapes :

$2(x - 6) = 3(4x - 7)$

3 Résoudre les équations suivantes :

a. $(x - 5)(x + 6) = 0$

b. $(2x + 3)(x - 2) = 0$

► Corrigés en fin d'ouvrage

Proportionnalité

9

Les ingrédients

GÉNÉRALITÉS

Deux grandeurs sont proportionnelles si on obtient l'une en multipliant (ou en divisant) l'autre par un même nombre non nul appelé **coefficient de proportionnalité**.

Exemple : le périmètre d'un carré est proportionnel à la longueur du côté du carré, alors que l'aire ne l'est pas.

TABLEAU DE PROPORTIONNALITÉ

Il s'agit d'un tableau contenant des **données proportionnelles**.

a	c
b	d

est un tableau de proportionnalité si, et seulement si, $ad = bc$.

PROPORTIONNALITÉS ET GRAPHIQUES

- Une situation de proportionnalité est représentée par **des points alignés avec l'origine du repère**.
- **Réciproquement :** si une situation est représentée graphiquement par des points alignés avec l'origine du repère, alors c'est une situation de proportionnalité.

A, B et C ne sont pas alignés avec l'origine du repère, il n'y a pas proportionnalité.	A, B et C sont alignés avec l'origine du repère, il y a proportionnalité.	A, B et C sont alignés, mais pas avec l'origine du repère, il n'y a pas proportionnalité.
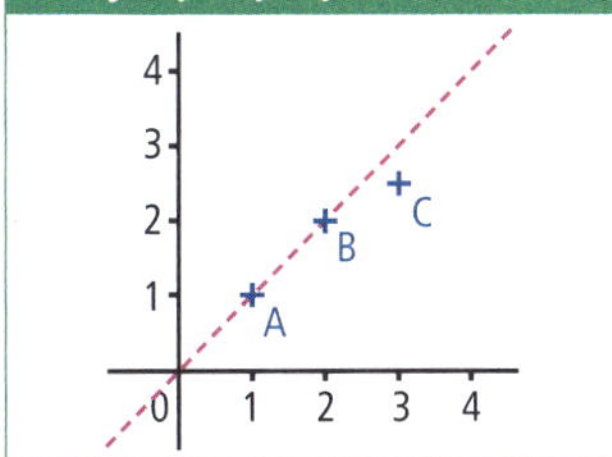	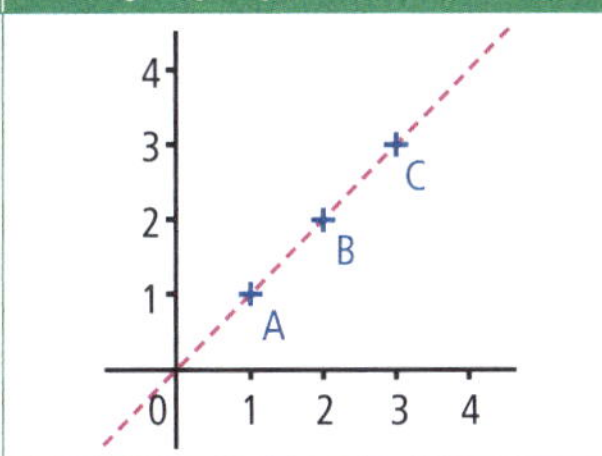	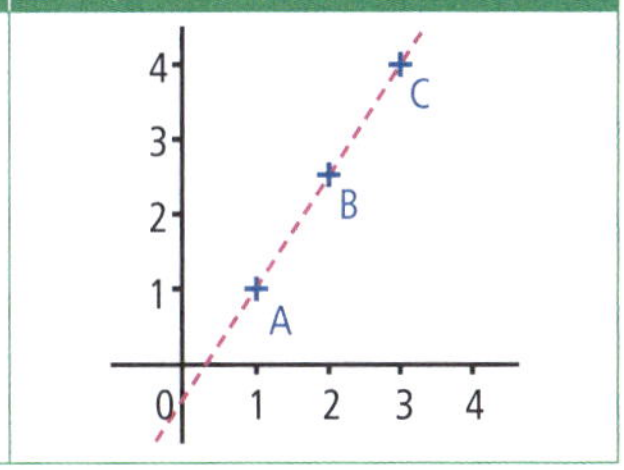

POURCENTAGES

$t\%$ de $x = \dfrac{t \times x}{100}$

Augmenter
un nombre de $t\%$, c'est le multiplier par $\left(1 + \dfrac{t}{100}\right)$.

Diminuer
un nombre de $t\%$, c'est le multiplier par $\left(1 - \dfrac{t}{100}\right)$.

La recette pour réussir

SAVOIR FAIRE

Reconnaître un tableau de proportionnalité

- On passe d'une ligne à une autre en multipliant ou divisant par un même nombre.
- Les produits en croix sont égaux.
- Si l'on représente les données par un graphique, les points sont alors alignés avec l'origine du repère.

Utiliser des pourcentages

t% *de* x, c'est $\mathbf{t} \times x \div \mathbf{100}$.

ASTUCES DU CHEF

- Pour pouvoir conclure par rapport à la proportionnalité d'un graphique, il faut qu'il soit très précis.
- Pour calculer *t*% d'un nombre, l'usage du calcul mental est souvent plus efficace.

À VOS FOURNEAUX – EXERCICES BREVET

1 Le prix d'un kilogramme d'or est de 50 700 €.

a. Que vaut le prix de 0,4 kg d'or ?

b. Quelle quantité d'or obtient-on pour 10 000 € ?

2 Un disque dur coûte 60 €. Le commerçant décide de le solder de 25 %. Quel est son nouveau prix ?

3 On considère le tableau suivant :

A	B	C
3	4	6
1,6	3	3,2

a. Représenter graphiquement ces données.

b. Est-ce une situation de proportionnalité ? Justifier.

► Corrigés en fin d'ouvrage

Notion de fonction

10

Les ingrédients

GÉNÉRALITÉS

Une fonction f est un procédé de calcul qui, à un nombre x, associe un unique nombre $f(x)$. On note cela : $x \to f(x)$.

$f(x)$ est appelée **la forme algébrique de la fonction**.

Exemple : le procédé de calcul associant la longueur du côté d'un carré à l'aire du carré est une fonction f. Si on note par x la longueur du côté du carré, alors $f(x) = x^2$.

VOCABULAIRE

Soit f une fonction, si $f(x) = y$, on dit alors que y est **l'image** de x par f et que x est **un antécédent** de y par f.

Exemple : si $f(x) = x^4$, alors l'image de 0, notée $f(0)$ vaut $0^4 = 0$. On note alors $f(0) = 0$. On a aussi $f(2) = f(-2) = 16$, donc 2 et -2 sont les antécédents de 16 par f.

TABLEAU DE VALEURS

Un **tableau de valeurs** d'une fonction f est un tableau dans lequel figure des **valeurs de x et leurs images respectives par la fonction f**.

Exemple :

x	0	4	-5	1
$f(x)$	3	1	2	2

REPRÉSENTATION GRAPHIQUE

La représentation graphique ou courbe représentative d'une fonction f est constituée de l'ensemble des **points de coordonnées $(x\,;f(x))$**.

Exemple : voici la représentation graphique d'une fonction f.

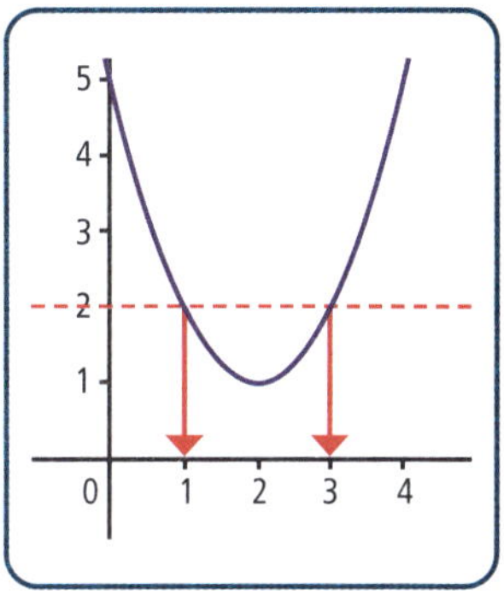

- On propose de déterminer l'image des antécédents de 2.
- On trace la droite d'équation $y = 2$, puis on cherche les abscisses des points d'intersection de cette droite avec la représentation graphique.
- On a donc $f(1) = f(3) = 2$. Les antécédents recherchés sont 1 et 3.

La recette pour réussir

SAVOIR FAIRE

Définir ou utiliser des fonctions

- Utiliser la forme algébrique, c'est-à-dire l'expression de $f(x)$ en fonction de x.
- Utiliser un tableau de valeurs.
- Utiliser une représentation graphique de la fonction f.

Images/antécédents et forme algébrique

- Pour calculer une image, remplacer la valeur de l'inconnue dans l'expression de la fonction.
- Pour déterminer d'éventuels antécédents de k, résoudre l'équation $f(x) = k$.

Images/antécédents et graphiques

- Pour déterminer l'image de a, on cherche l'ordonnée du point de la représentation graphique de f qui a pour abscisse a.
- Pour déterminer d'éventuels antécédents de k, on cherche les abscisses des points de la représentation graphique de f d'ordonnée a.

ASTUCES DU CHEF

- N'oubliez pas que l'image est toujours unique, alors qu'il peut y avoir plusieurs antécédents.
- Avec une représentation graphique, on peut facilement obtenir une image ou des antécédents. Mais attention, les résultats obtenus à l'aide d'une représentation graphique sont des résultats approchés !

À VOS FOURNEAUX – EXERCICES BREVET

1 Soit f la fonction définie par $f(x) = x^2 - 25$.

a. Calculer les images de 0, –5, 4 et 3 par f.

b. Déterminer les éventuels antécédents par f de 0, –26 et de 11.

2 On considère le tableau de valeurs suivant :

x	–2	–1	0	1
$f(x)$	–1	5	2	5

a. Donner les éventuels antécédents de 5 par f.

b. Que vaut $f(0)$?

▶ Corrigés en fin d'ouvrage

Fonctions linéaires

11

Les ingrédients

FORME ALGÉBRIQUE

Soit a un nombre, la fonction linéaire f de coefficient a est la fonction qui, **à tout nombre x, fait correspondre le nombre ax**.

On note : $f(x) = ax$ ou $f : x \to ax$

Exemple : la fonction f définie par $f(x) = -3x$ est une fonction linéaire de coefficient –3.

L'image de 2 par f vaut : $f(2) = -3 \times 2 = -6$.

PROPRIÉTÉ

Le tableau de valeurs d'une fonction linéaire est un **tableau de proportionnalité**.

Une fonction linéaire est associée à une **situation de proportionnalité**.

Exemple : soit f la fonction linéaire de coefficient 2, on a $f(x) = 2x$.

Le tableau de valeurs ci-contre est un tableau de proportionnalité de coefficient 2.

x	0	2	–3
$f(x)$	0	4	–6

REPRÉSENTATION GRAPHIQUE

La représentation graphique d'une fonction linéaire f de coefficient a, est **une droite passant par l'origine du repère**.

Exemple : soit f la fonction linéaire de coefficient 2.

- Sa représentation graphique est une droite passant par l'origine du repère.
- Pour la tracer, on cherche l'image d'un nombre différent de 0.
- On a : $f(1) = 2 \times 1 = 2$, la droite relie donc (0 ; 0) à (1 ; 2).

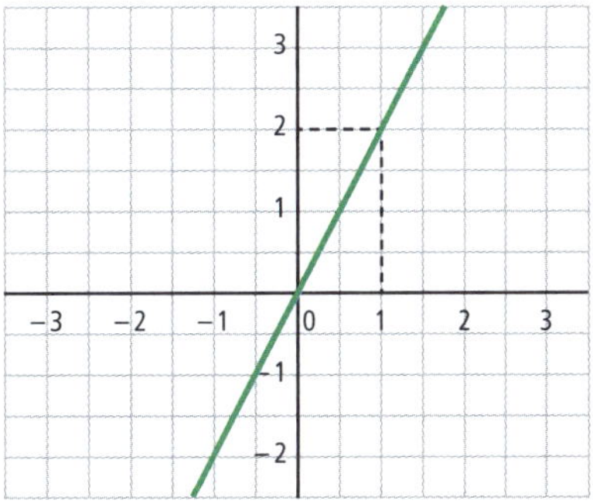

La recette pour réussir

SAVOIR FAIRE

Reconnaître une fonction linéaire

- Sa forme algébrique est du type $f(x) = ax$.
- Sa représentation graphique est une droite passant par l'origine du repère.

Déterminer le coefficient d'une fonction linéaire

- Calculer le quotient de l'image d'un nombre non nul par ce même nombre.
- Déterminer la pente de la représentation graphique de la fonction.

ASTUCES DU CHEF

- Une fonction linéaire de coefficient *a* correspond à une « machine à multiplier par *a* ».
- Pour déterminer l'image d'un nombre non nul on choisit, si possible, un nombre qui permet d'obtenir rapidement un résultat entier.

À VOS FOURNEAUX – EXERCICES BREVET

1 En physique, la tension U aux bornes d'une résistance est proportionnelle à l'intensité I du courant qui la traverse, c'est-à-dire $U = R \times I$, où R (valeur de la résistance) est le coefficient de proportionnalité.
On appelle cette formule la loi d'Ohm.

Intensité I en ampères	0,02	0,03	0,04	0,08
Tension U en volts	3	4,5	6	12

On nomme f la fonction qui donne la tension U en fonction de l'intensité I.

a. Préciser la nature de f et en donner son expression algébrique.

b. Dans un repère, tracer la représentation graphique de la fonction f.

2 Soit f la fonction définie pour $x > 0$ par $f(x) = \frac{60}{x}$.
La fonction f est-elle linéaire ? Justifier.

3 La fonction f définie pour $x > 0$ par $f(x) = x^2$ est-elle linéaire ? Justifier.

► Corrigés en fin d'ouvrage

Fonctions affines

12

Les ingrédients

FORME ALGÉBRIQUE

- Soient a et b deux nombres fixés.
- La **fonction affine f** de coefficients a et b est la fonction qui, à tout nombre x, fait correspondre le nombre $ax + b$.

Une **fonction affine de coefficients a et b** se note :
$f(x) = ax + b$ ou $f : x \rightarrow ax + b$.

Cas particuliers $a = 0$, alors $f(x) = b$, f est donc **une fonction constante**.
$b = 0$, alors $f(x) = ax$, f est donc **une fonction linéaire**.

Exemple : $f : x \rightarrow 2x - 1$ est une fonction affine de coefficients 2 et –1.

REPRÉSENTATION GRAPHIQUE

La représentation graphique d'une fonction affine $f : x \rightarrow ax + b$ est une **droite**.

a est le **coefficient directeur** de cette droite.
b est **l'ordonnée à l'origine de cette droite**, donc $(0 ; b)$ appartient à cette droite.

Exemple :

- $f : x \rightarrow x - 2$ est une fonction affine de coefficients $a = 1$ et $b = -2$.
- Sa représentation graphique est une droite.
- Elle passe par le point $(0 ; -2)$.
- Pour obtenir un deuxième point, on calcule $f(1) = 1 \times 1 - 2 = 1 - 2 = -1$, la droite passe par $(1 ; -1)$.
- On trace ensuite la droite passant par ces deux points.

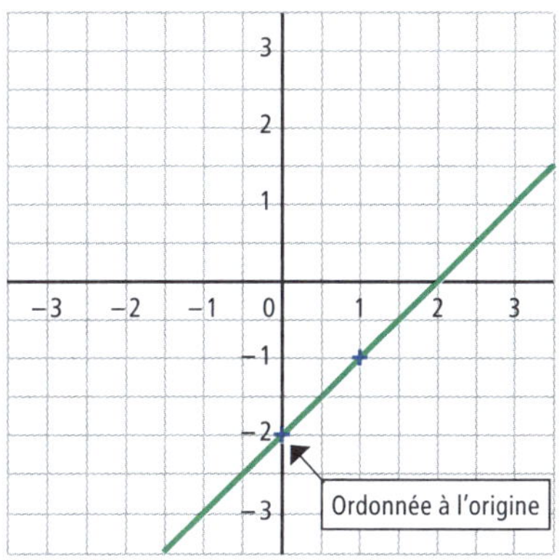

La recette pour réussir

SAVOIR FAIRE

Reconnaître une fonction affine

- Sa forme algébrique est du type $f(x) = ax + b$.
- Sa représentation graphique est une droite.

Déterminer les coefficients d'une fonction affine à partir d'une représentation graphique

- Déterminer l'intersection de la représentation graphique avec l'axe des ordonnées (cela donne l'ordonnée à l'origine).
- Utiliser ensuite les coordonnées d'un point de la courbe d'abscisse non nulle, puis résoudre l'équation pour trouver le coefficient directeur.

ASTUCES DU CHEF

- Une fonction linéaire est toujours affine.
- Une fonction affine n'est pas toujours linéaire.

À VOS FOURNEAUX – EXERCICES BREVET

1 Une station de ski propose deux types de forfaits :

Tarif 1 : « forfait journée » à 40 €.

Tarif 2 : « carte ski » à 30 € qui donne accès au « forfait journée » à 25 €.

Soit x le nombre de journées de ski.

a. Déterminer le coût total en fonction de x pour le tarif 1.

b. Déterminer ensuite le coût total en fonction de x pour le tarif 2.

c. Lequel correspond à une fonction affine ?

(d'après DNB 2016, Amérique du Nord)

2 On considère les fonctions f et g, définies respectivement par $f(x) = 3x - 2$ et $g(x) = -x + 1$.

Représenter graphiquement les fonctions f et g pour x compris entre –2 et 2.

► Corrigés en fin d'ouvrage

Statistiques et fréquences

13

Les ingrédients

VOCABULAIRE SPÉCIFIQUE

- On étudie une **population** composée d'**individus** qui possèdent des **caractères** pouvant être **qualitatifs** (couleur des yeux…) ou **quantitatifs** (relié à la quantité…).
- Le nombre d'individus composant la population est appelé **effectif total de la série**.
- Le nombre d'individus possédant un même caractère est appelé **effectif du caractère**.

TABLEAU DE DONNÉES ET FRÉQUENCES

Pour **regrouper** et **organiser** les données, on utilise un **tableau de données**.

Exemple : voici la répartition des élèves du collège Beaussier.

Niveau	6^{e}	5^{e}	4^{e}	3^{e}
Effectif	100	150	200	150

La **fréquence** d'une valeur du caractère = $\dfrac{\textit{effectif de la valeur étudiée}}{\textit{effectif total}}$.

La **fréquence** est un nombre compris entre 0 et 1, on peut aussi l'exprimer sous la forme d'un pourcentage.

REPRÉSENTATIONS GRAPHIQUES

Diagramme en bâtons	Diagramme circulaire	Histogramme
Les **hauteurs des bâtons** sont proportionnelles aux quantités représentées.	Les **mesures des angles** sont proportionnelles aux quantités représentées.	Diagramme constitué de rectangles juxtaposés, **la largeur des rectangles correspond à l'intervalle de la classe correspondante**. On adapte la hauteur pour que l'aire du rectangle soit proportionnelle à l'effectif de la classe.

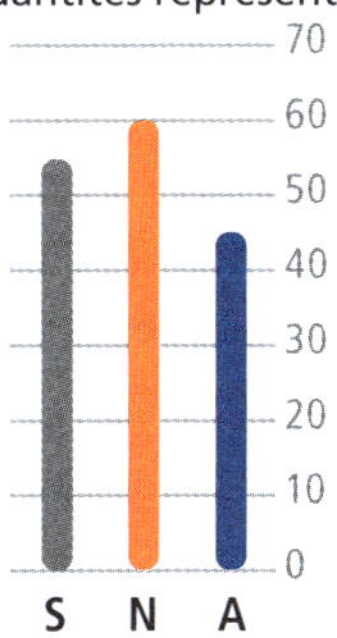

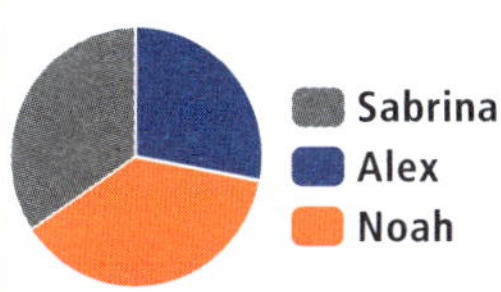

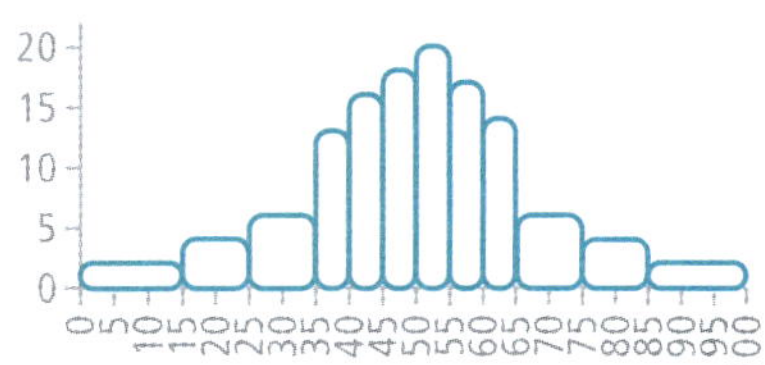

La recette pour réussir

SAVOIR FAIRE

Obtenir la mesure de l'angle (diagramme circulaire)

Il faut compléter le tableau de proportionnalité :

Angle en degré	360	?
Effectif	Effectif total	*a*

Déterminer une fréquence

- On détermine toujours l'effectif de la classe étudiée.
- On détermine ensuite l'effectif total.

ASTUCES DU CHEF

- La fréquence est un nombre toujours compris entre 0 et 1.
- Pour exprimer la fréquence en pourcentage, on multiplie par 100 et on rajoute le symbole %.

À VOS FOURNEAUX – EXERCICES BREVET

1 En 2015, environ 4,7 % de la population française souffrait d'allergies alimentaires. La même année, dans un collège de 681 élèves, 32 élèves souffraient d'allergies alimentaires.
La proportion des élèves de ce collège souffrant d'allergies alimentaires est-elle supérieure à celle de la population française ?

(d'après DNB 2017, Amérique du Nord)

2 On a effectué une étude sur les allergies alimentaires de 39 élèves.
On suppose que ces élèves ne sont allergiques qu'à un seul aliment.

Aliments	Lait	Fruits	Arachides	Poisson	Œuf
Nombre d'élèves concernés	6	8	11	5	9

Calculer la fréquence (en pourcentage) des élèves allergiques aux fruits.

(d'après DNB 2017, Amérique du Nord)

▶ Corrigés en fin d'ouvrage

Moyennes, médianes et étendues

14

Les ingrédients

MOYENNES

- La **moyenne brute** d'une série statistique est égale au quotient de la somme de toutes les valeurs par le nombre total de valeurs.

$$\text{moyenne brute} = \frac{\textit{somme de toutes les valeurs}}{\textit{nombre total de valeurs}}$$

- La **moyenne pondérée** d'une série statistique est égale au quotient des sommes des produits de chaque valeur par son coefficient par la somme des coefficients.

$$\text{moyenne pondérée} = \frac{\textit{somme des produits de chaque valeur par son coefficient}}{\textit{somme des coefficients}}$$

La **moyenne pondérée** est égale à la moyenne brute lorsque tous les coefficients sont égaux.

MÉDIANE

La **médiane** m d'une série statistique ordonnée est une valeur qui partage cette série en **deux séries de même effectif**.

Exemples :

- La valeur 8 sépare la série en deux séries de même effectif, la médiane est donc **8**.

5	7	8	11	12

- Toute valeur comprise entre 6 et 9 peut être la médiane, par convention, on prend la moyenne des deux valeurs, ici $\frac{6+9}{2} = 7,5$. La médiane est **7,5**.

5	6	9	12

ÉTENDUE

étendue = *valeur maximale – valeur minimale*

La recette pour réussir

SAVOIR FAIRE

Classer les données

- Il faut toujours vérifier si les données ont été classées. Si ce n'est pas le cas, il faudra les classer dans l'ordre croissant pour éviter les erreurs.

Déterminer une médiane

- Classer les valeurs de la série dans l'ordre croissant.
- Chercher ensuite la valeur qui sépare la série en deux sous-séries de même effectif.

ASTUCES DU CHEF

- On peut utiliser la calculatrice pour obtenir la moyenne, la médiane et l'étendue.
- Pour le calcul de la médiane, si l'effectif de celle-ci est impair, la médiane est une valeur de la série. Si l'effectif est pair, calculez une moyenne.

À VOS FOURNEAUX – EXERCICES BREVET

1 Chaque jour, Gabriel récolte du sel sur les 25 carreaux de son marais salant. Le premier jour, afin de prévoir sa production, il relève la masse en kilogrammes de chaque tas de sel produit par carreau.
Voici la série statistique :

34 – 39 – 31 – 45 – 40 – 32 – 36 – 45 – 42 – 34 – 30 – 48 – 43 – 32 – 39 – 40 – 42 – 38 – 46 – 31 – 38 – 43 – 37 – 47 – 31

a. Calculer l'étendue de cette série statistique.
b. Déterminer la médiane de cette série statistique et interpréter le résultat.
c. Calculer la masse moyenne en kg des tas de gros sel pour ce premier jour.

(d'après DNB 2018)

2 Quelle est l'étendue de cette série statistiques ?

(d'après DNB 2018)

Diagramme représentant le pourcentage de commandes livrées en retard sur l'année 2016

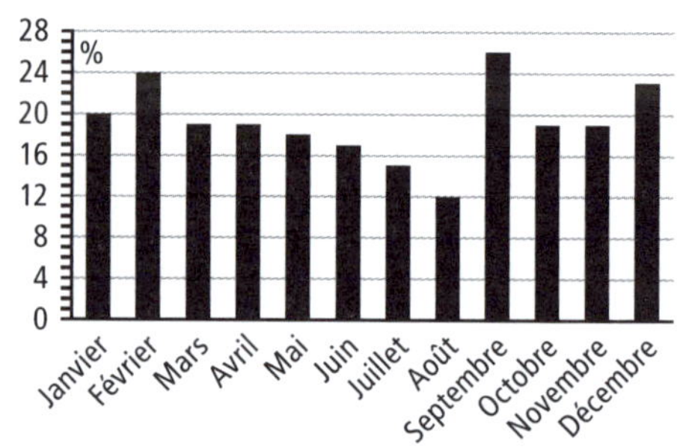

► Corrigés en fin d'ouvrage

Probabilités

15

Les ingrédients

GÉNÉRALITÉS

- Une expérience est **aléatoire** si les résultats, appelés **« issues »**, ne sont pas prévisibles à l'avance.
- Un événement **impossible** ne se produit jamais, tandis qu'un événement **certain** se produit toujours. Le contraire d'un événement A est l'événement qui se produit lorsque A n'est pas réalisé. On le note **« nonA »**.
- Des événements sont **incompatibles** lorsqu'ils ne se produisent pas en même temps.

NOTION DE PROBABILITÉ

En répétant un très grand nombre de fois la même expérience aléatoire dans les mêmes conditions, la fréquence de réalisation d'un événement A se rapproche d'**un nombre fixe** appelé **probabilité de l'événement A** notée **$p(A)$**.

ÉQUIPROBABILITÉ

Il y a équiprobabilité lorsque **toutes les issues ont la même probabilité de se réaliser**.

Exemple : il y a équiprobabilité pour le jet d'un dé non truqué à 6 faces numérotées.

$$p(A) = \frac{\text{nombre d'issues où A est réalisé}}{\text{nombre total d'issues}}$$

PROPRIÉTÉS

A et B sont deux événements incompatibles.

$0 \leq p(A) \leq 1$

$p(A \text{ ou } B) = p(A) + p(B)$

$p(A) + p(\text{nonA}) = 1$

TABLEAU DE PROBABILITÉ POUR UNE EXPÉRIENCE ALÉATOIRE À DEUX ÉTAPES

On liste l'ensemble de tous les couples de résultats possibles.

Exemple : on lance une pièce (côté « pile » ou « face »), puis on lance un dé dont les faces sont numérotées de 1 à 6.

Le tableau représentant cette expérience aléatoire est :

	1	2	3	4	5	6
Pile	(Pile, 1)	(Pile, 2)	(Pile, 3)	(Pile, 4)	(Pile, 5)	(Pile, 6)
Face	(Face, 1)	(Face, 2)	(Face, 3)	(Face, 4)	(Face, 5)	(Face, 6)

La recette pour réussir

SAVOIR FAIRE

Calcul de probabilité dans le cas d'équiprobabilité

On détermine le nombre d'issues où l'événement est réalisé, puis on divise par le nombre total d'issues possibles.

Utiliser l'événement contraire

- Si l'on a du mal à déterminer la probabilité d'un événement, on peut essayer de déterminer la probabilité de l'événement contraire.
- Utiliser la formule : $p(\text{nonA}) = 1 - p(\text{A})$.

ASTUCES DU CHEF

- Pour simuler avec un tableur une expérience aléatoire, utilisez la fonction **alea.entre.borne(min;max)**.
- Concernant les probabilités, il faut toujours repérer toutes les issues possibles. Il est recommandé, même si ce n'est pas demandé, de construire un arbre des probabilités.
- Il y a équiprobabilité lorsque l'expérience aléatoire n'est pas truquée.

À VOS FOURNEAUX – EXERCICES BREVET

1 Voici un jeu composé d'un plateau tournant et d'une boule. Le plateau comporte 13 cases numérotées de 0 à 12. On lance la boule sur le plateau, qui s'arrête au hasard sur une case numérotée. La boule a la même probabilité de s'arrêter sur chaque case.

a. Quelle est la probabilité que la boule s'arrête sur la case 8 ?

b. Quelle est la probabilité que la boule s'arrête sur une case impaire ?

c. Lors des deux derniers lancers, la boule s'est arrêtée à chaque fois sur la case 9. A-t-on maintenant plus de chances que la boule s'arrête sur la case 9 plutôt que sur la case 7 ? Argumenter à l'aide d'un calcul de probabilités.

(d'après DNB 2018, Pondichéry)

2 Deux urnes contiennent des boules numérotées indiscernables au toucher. Le schéma ci-contre représente le contenu de chacune des urnes. On forme un nombre entier à deux chiffres en tirant au hasard une boule dans chaque urne :

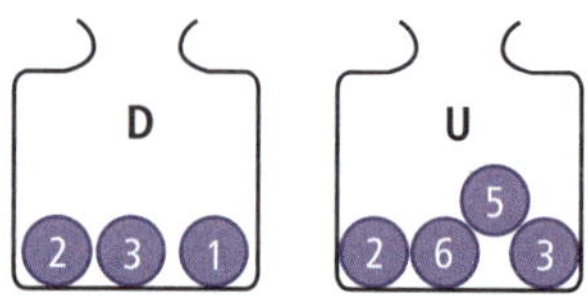

- le chiffre des dizaines est le numéro de la boule issue de l'urne D ;
- le chiffre des unités est le numéro de la boule issue de l'urne U.

a. A-t-on plus de chance de former un nombre pair que de former un nombre impair ?

b. Sans justifier, indiquer les nombres premiers qu'on peut former lors de cette expérience.

c. Montrer que la probabilité de former un nombre premier est égale à $\frac{1}{6}$.

(d'après DNB 2018, Amérique du Nord)

▶ Corrigés en fin d'ouvrage

Symétries

16

Les ingrédients

SYMÉTRIE AXIALE

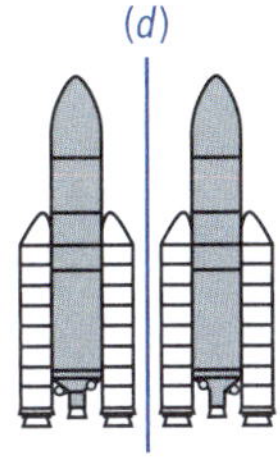

- Deux figures sont symétriques par rapport à une droite si elles se **superposent par pliage** le long de la droite. On dit que la droite est **un axe de symétrie**.

Exemple : les deux fusées ci-contre sont symétriques par rapport à (*d*).

- Une figure peut avoir **plusieurs axes de symétrie**.

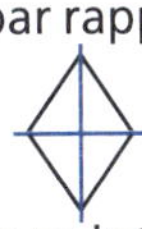

Exemple : le losange a deux axes de symétrie.

- Le symétrique de A par rapport à la droite (*d*) est le point M tel que (*d*) soit **la médiatrice** de [AM].

Exemple : B est le symétrique de A par rapport à (*d*).

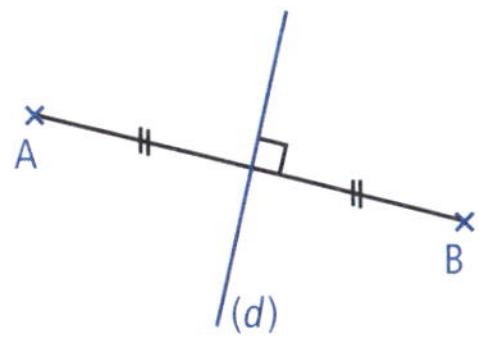

SYMÉTRIE CENTRALE

- Effectuer une symétrie centrale, c'est effectuer **un demi-tour autour d'un point**.
- Dire que M′ est le symétrique de M par rapport au point O signifie que O est **le milieu** de [MM′].

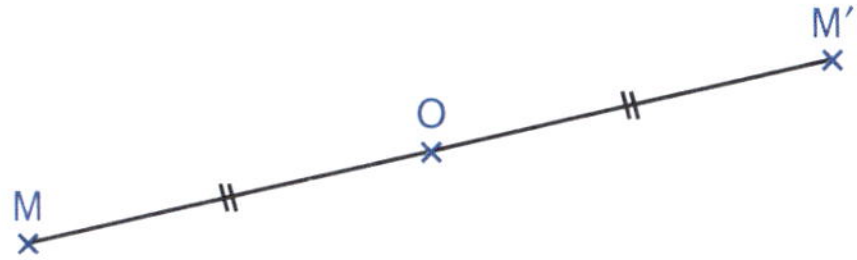

- Une figure admet **un centre de symétrie O** lorsque son image par la symétrie de centre O est elle-même.

Exemple : ce panneau de signalisation indiquant un sens interdit admet un centre de symétrie.

PROPRIÉTÉS DE CONSERVATION POUR LES DEUX SYMÉTRIES

- Le symétrique d'un **segment** est un segment de même longueur.
- Le symétrique d'une **droite** est une droite.
- Le symétrique d'un **cercle** est un cercle de même rayon.
- Le symétrique d'un **angle** est un angle de même mesure.

Les symétries conservent les mesures d'angles, les longueurs, les aires et l'alignement des points.

La recette pour réussir

SAVOIR FAIRE

Construire une image au compas : symétrie axiale

- Tracer un arc de cercle de centre A qui coupe (*d*) en deux points.
- Tracer de l'autre côté de (*d*) deux arcs de cercle de rayon identique et de centres les deux points précédents.
- Le point d'intersection des deux donne le symétrique par rapport à (*d*).

Construire une image au compas : symétrie centrale

- Tracer la demi-droite ayant pour origine le point M et passant par le centre de symétrie.
- Tracer un arc de cercle ayant pour centre le centre de symétrie et passant par le point M.
- Le point d'intersection de la demi-droite avec l'arc de cercle précédent donne le symétrique de M.

ASTUCES DU CHEF

- Il peut être utile, avant de commencer la figure sur sa feuille, de réaliser une figure à main levée afin de repérer les positions des points et la place nécessaire à la réalisation de la figure.
- Il faut toujours coder les figures (angles droits, angles de même mesure, longueurs égales...).

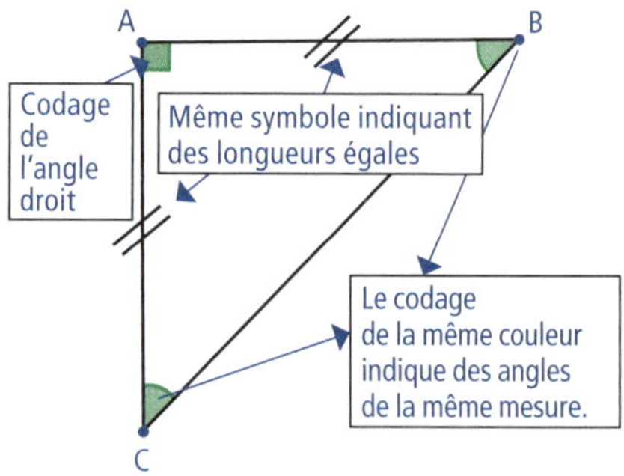

À VOS FOURNEAUX – EXERCICES BREVET

1 Cocher la bonne réponse.

a. Un rectangle qui n'est pas un carré admet :

☐ un seul axe de symétrie. ☐ deux axes de symétrie. ☐ aucun axe de symétrie.

b. Quel est le nombre d'axes de symétrie d'un carré ?

☐ quatre axes de symétrie. ☐ six axes de symétrie. ☐ huit axes de symétrie.

2 a. Construire un triangle équilatéral FIO de 5 cm de côté.
b. Construire le point R, symétrique de I par rapport au point O.
c. Construire le point E, symétrique de I par rapport à la droite (OF).
d. Construire le point U, symétrique de F par rapport au point O.
e. Construire le point G, symétrique de F par rapport à la droite (IO).
f. Tracer le polygone FIGURE. Quelle semble être sa nature ?

▶ Corrigés en fin d'ouvrage

Translations

17

Les ingrédients

DÉFINITION

- Effectuer une translation, c'est effectuer **un glissement rectiligne**.
- Une translation a donc : un **sens**, une **direction** et une **longueur**.

Exemple :

En utilisant un couple de point pour symboliser la translation de A vers B, on obtient :

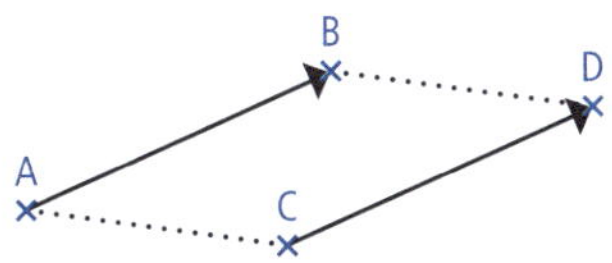

PROPRIÉTÉ DU PARALLÉLOGRAMME

Dire que C est l'image de D par la translation transformant A en B signifie que ABDC est un **parallélogramme**.

Les diagonales de ABDC ont donc le même milieu.

PROPRIÉTÉS DE CONSERVATION

Une translation transforme :

- une droite en une **droite parallèle**.
- un segment en un **segment de même longueur**.
- un cercle en un **cercle de même rayon**.
- un angle en un **angle de même mesure**.

Une translation conserve donc les longueurs de segment, les mesures d'angles, les aires.

La recette pour réussir

SAVOIR FAIRE

Construire l'image d'un point C par une translation transformant A en B

- Tracer la droite (AB).
- Tracer la parallèle à (AB) passant par C.
- Reporter, à l'aide d'un compas, la longueur AB à partir de C dans le bon sens (celui de A vers B).
- On obtient alors le point D.

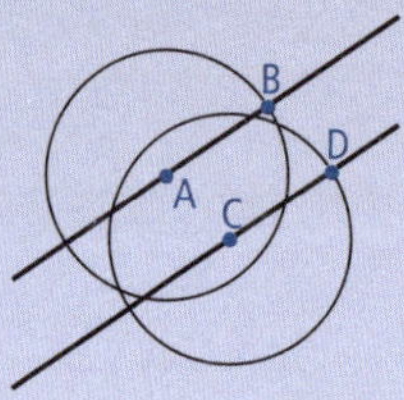

ASTUCES DU CHEF

- La translation conserve la forme avec toutes ses caractéristiques.
- Pour tracer le translaté d'une figure, on commence toujours par obtenir les translatés des sommets.

À VOS FOURNEAUX – EXERCICES BREVET

1 Le pavage représenté ci-contre est réalisé à partir d'un motif appelé pied-de-coq qui est présent sur de nombreux tissus utilisés pour la fabrication de vêtements.

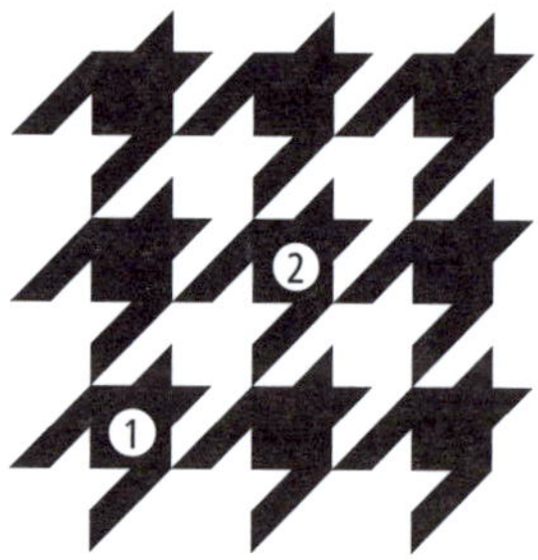

a. Quel type de transformation géométrique permet d'obtenir le motif ❷ à partir du motif ❶ ?

b. Marie affirme « si je divise par 2 les longueurs d'un motif, son aire sera aussi divisée par 2 ».
A-t-elle raison ? Expliquer pourquoi.

(d'après DNB 2018, Pondichéry)

2 La figure ci-contre représente un pavage à base d'hexagone régulier. On a numéroté certains de ces hexagones.

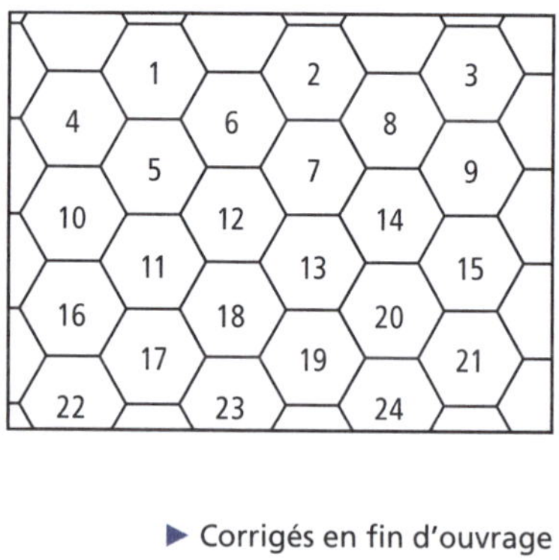

a. Quelle est l'image de l'hexagone 14 par la translation qui transforme l'hexagone 2 en hexagone 12 ?

b. Quelle est l'image de l'hexagone 3 par la translation qui transforme l'hexagone 2 en hexagone 10 ?

(d'après DNB 2019, Amérique du Nord)

▶ Corrigés en fin d'ouvrage

Rotations

18

Les ingrédients

DÉFINITIONS

Sens direct

Il s'agit du sens inverse des aiguilles d'une montre, c'est donc cela :

En pratique

D'un point de vue pratique, effectuer une rotation de centre O et d'angle α, c'est faire tourner la figure d'un angle α autour du point O.

Exemple : On passe de la figure 1 à la figure 2 par une rotation de centre O et d'angle 60°.

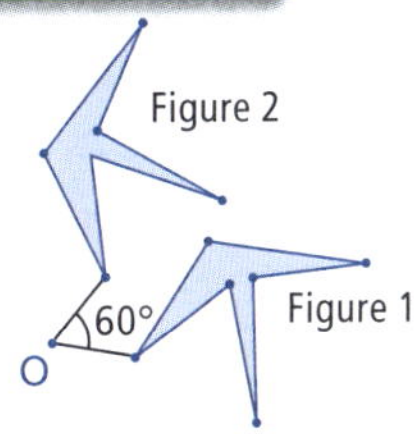

Point de vue théorique

Dire que M′ est l'image de M par la rotation de centre O et d'angle α signifie que $OM' = OM$ et $\widehat{MOM'} = \alpha$ dans le sens direct.

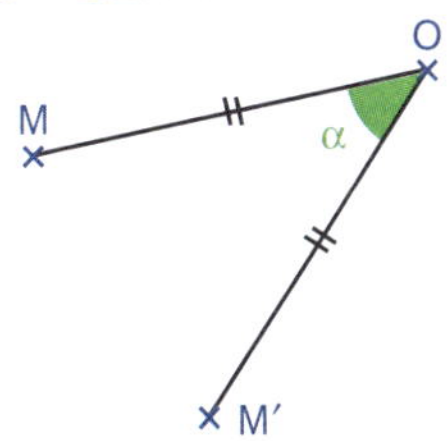

PROPRIÉTÉS DE CONSERVATION

- Une rotation conserve les longueurs, les mesures d'angles et les aires.
- Elle transforme donc une droite en une droite et un cercle en un cercle de même rayon.

La rotation conserve la forme avec toutes ses caractéristiques.

La recette pour réussir

SAVOIR FAIRE

Construire l'image d'un point A par une rotation de centre O et d'angle α

- Tracer la demi-droite d'origine O passant par A : [OA).
- Tracer un arc de cercle de centre O passant par A, dans le sens direct.
- Utiliser un rapporteur pour tracer la demi-droite correspondant à l'angle de rotation.
- Le point d'intersection entre la demi-droite et l'arc de cercle est l'image recherchée.

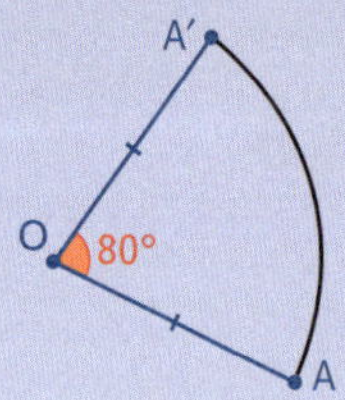

ASTUCES DU CHEF

- Une rotation d'angle 180° correspond à une symétrie.
- Une rotation d'angle 360° ne change rien à la figure.

À VOS FOURNEAUX – EXERCICES BREVET

1 *On considère l'hexagone ABCDEF de centre O représenté ci-contre.*

On considère la rotation de centre O qui transforme le triangle OAB en triangle OCD.

Quelle est l'image du triangle BOC par cette rotation ?

(d'après DNB 2019, Amérique du Nord)

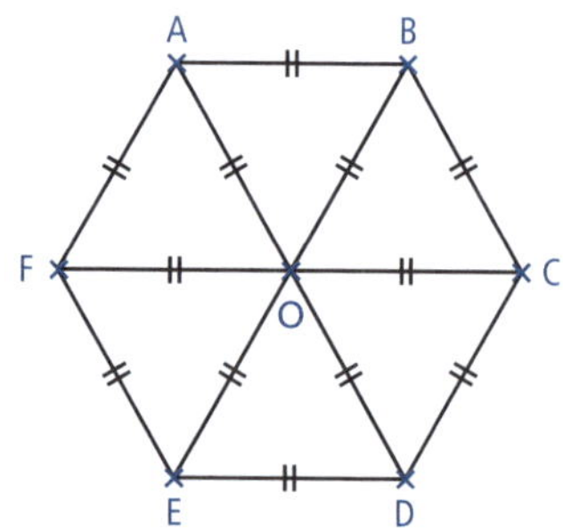

2 Soit MAK un triangle équilatéral de côté mesurant 4 cm.

a. Tracer le triangle MAK.

b. Construire l'image de M par la rotation de centre K et d'angle 120° dans le sens direct. Nommer ce point I.

c. Quelle est la nature du triangle AKI ?

(d'après DNB 2003, Amérique du Nord)

► Corrigés en fin d'ouvrage

Homothéties

19

Les ingrédients

HOMOTHÉTIE DE RAPPORT POSITIF

Le point M′ est l'image de M par l'homothétie de centre O et de rapport k si :
M′ ∈ [OM) et **OM′ = kOM**.

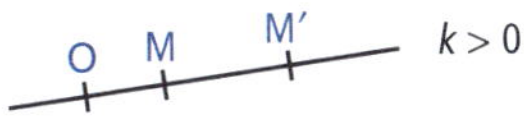

EFFET SUR LA FIGURE → *F′* est un **agrandissement** de *F* si $k > 1$ et une **réduction** de *F* si $0 < k < 1$.

Exemple : *F′* est un agrandissement de *F* de rapport 2.

On peut aussi dire que *F* est une réduction de *F′* de rapport $\frac{1}{2}$.

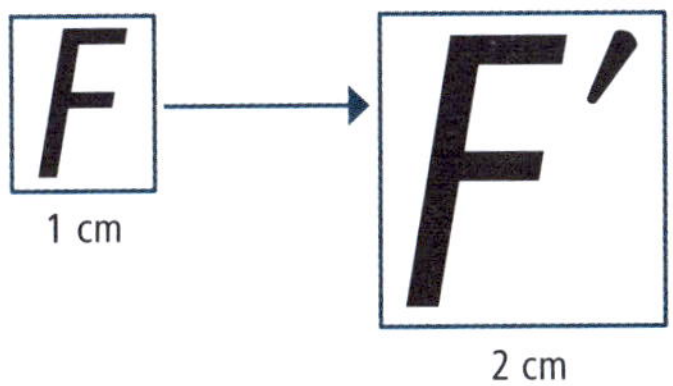

Coefficient de **réduction** = $\dfrac{\textit{longueur réduite}}{\textit{longueur initiale}}$

Coefficient **d'agrandissement** = $\dfrac{\textit{longueur agrandie}}{\textit{longueur initiale}}$

HOMOTHÉTIE DE RAPPORT NÉGATIF

Le point M′ est l'image de M par l'homothétie de centre O et de rapport k avec :
M′ ∈ [MO) et **OM′ = −kOM**.

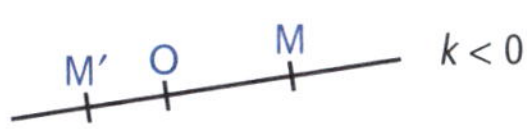

EFFET SUR LA FIGURE → *F′* est un **agrandissement** de *F* si $k < -1$ et une **réduction** de *F* si $-1 < k < 0$.

EFFETS DES HOMOTHÉTIES

Une homothétie de rapport k conserve le parallélisme, l'alignement des points et les mesures d'angles.

Si on agrandit ou réduit une figure en multipliant les longueurs par un cœfficient k strictement positif, alors : l'aire est multiplié par k^2 et le volume est multiplié par k^3 si $k > 0$ ou par $-k^3$ si $k < 0$.

La recette pour réussir

SAVOIR FAIRE

Construire l'image d'une figure par une homothétie de centre O et de rapport $k < 0$

• Construire l'image de chacun des points de la figure.

• Pour obtenir l'image de M :

– tracer [MO) ;

– à l'aide d'un compas, mesurer OM ;

– placer le point M' sur la demi-droite précédente de sorte que **OM' = –*k*OM**.

ASTUCES DU CHEF

• Les homothéties conservent les formes, mais pas les longueurs.

• Les homothéties conservent les formes, mais pas les aires.

À VOS FOURNEAUX – EXERCICES BREVET

1 Avec un logiciel de géométrie dynamique, on a construit la figure A.
En appliquant à la figure A des homothéties de centre O et de rapports différents, on a ensuite obtenu les autres figures.

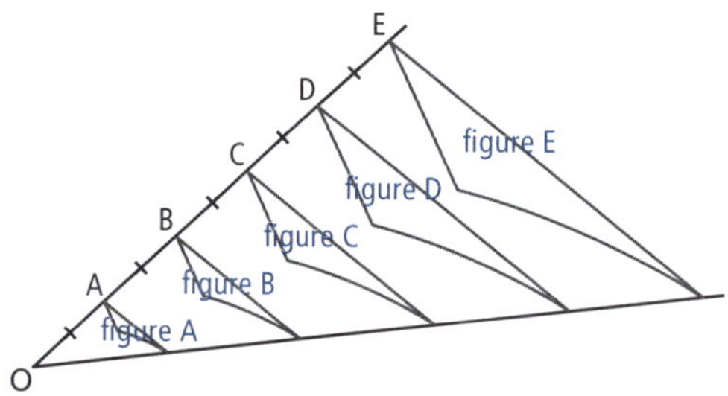

a. Quel est le rapport de l'homothétie de centre O qui permet d'obtenir la figure C à partir de la figure A ?

b. On applique l'homothétie de centre O et de rapport $\frac{3}{5}$ à la figure E.
Quelle figure obtient-on ?

(d'après DNB 2018, Asie)

2 a. Placer trois points O, M, M' dans cet ordre avec OM = 2 cm et OM' = 5 cm.

b. Quelle transformation *h* permet de passer de M à M' ?

c. Soit P un point n'appartenant pas à (OM), construire *h*(P).

▶ Corrigés en fin d'ouvrage

Généralités sur les triangles

20

Les ingrédients

CONSTRUCTIBILITÉ D'UN TRIANGLE

- **Inégalité triangulaire :** dans un triangle, la longueur d'un côté est toujours inférieure à la somme des longueurs des deux autres côtés.
- **Égalité triangulaire :** si la longueur d'un côté est égale à la somme des longueurs des deux autres côtes, les trois points sont alignés.

> **Conséquence**
>
> **Pour savoir si un triangle est constructible, il suffit de vérifier que la plus grande des longueurs est strictement inférieure à la somme des deux autres longueurs.**

ANGLES ET TRIANGLES

Dans un triangle, la somme des mesures des angles vaut **180°**.

> **Conséquence**
>
> **Dans un triangle, si l'on connaît deux des mesures d'angles, on peut en déduire la troisième !**

TYPOLOGIE DES TRIANGLES

<table>
<tr><th>Triangle isocèle en A</th><th>Triangle équilatéral</th><th>Triangle rectangle</th></tr>
<tr>
<td>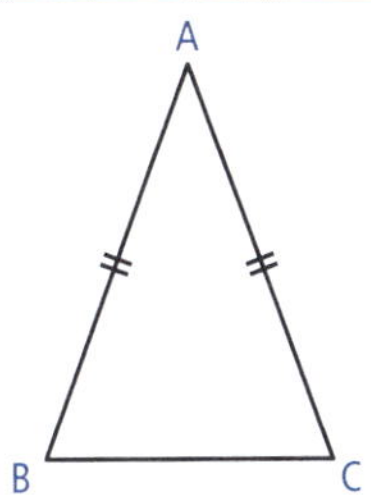
</td>
<td>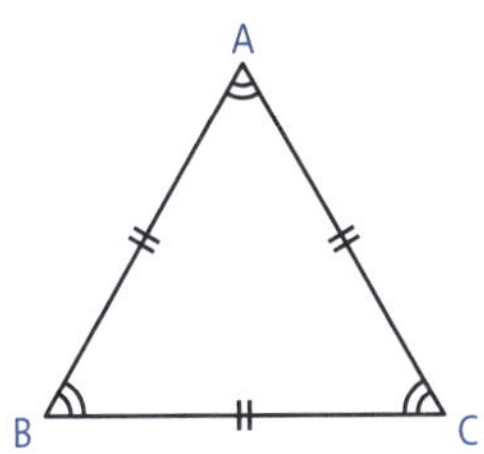
</td>
<td>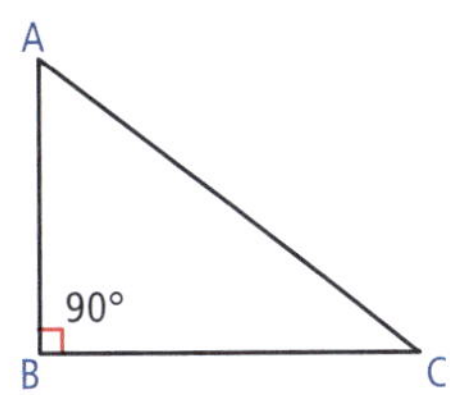
</td>
</tr>
<tr>
<td>AB = BC
les angles : $\hat{B} = \hat{C}$</td>
<td>3 longueurs égales
3 angles de même mesure</td>
<td>un angle droit</td>
</tr>
</table>

La recette pour réussir

SAVOIR FAIRE

Savoir si un triangle est constructible

- Repérer le côté le plus long.
- Calculer la somme des longueurs des deux autres côtés.
- Si cette somme est inférieure à la somme précédente, alors le triangle est constructible.

Trouver une mesure d'angle lorsque que l'on connaît deux mesures d'angles

On résout cette équation en se servant du fait que la somme des mesures des angles d'un triangle vaut 180°.

ASTUCES DU CHEF

- Avant de commencer la construction, il faut toujours s'assurer de la constructibilité du triangle.
- À chaque fois que l'on trouve une nouvelle donnée, il faut la coder tout de suite sur la figure.

À VOS FOURNEAUX – EXERCICES BREVET

1 ABC est un triangle vérifiant $\widehat{ABC} = 65°$ et $\widehat{BCA} = 25°$.

a. Calculer $\widehat{CAB}$.

b. Quel est la nature du triangle ABC ?

2 Donner la nature des triangles suivants :

a. AB = 5 cm, BC = 5 cm et $\widehat{ABC} = 60°$.

b. AB = 4 cm, AC = 3 cm et BC = 3 cm.

3 Vrai ou faux ?

a. Un triangle rectangle peut être équilatéral.

☐ Vrai ☐ Faux

b. Un triangle rectangle peut être isocèle.

☐ Vrai ☐ Faux

c. Un triangle équilatéral est isocèle.

☐ Vrai ☐ Faux

▶ Corrigés en fin d'ouvrage

Droites remarquables du triangle

21

Les ingrédients

MÉDIATRICES D'UN TRIANGLE

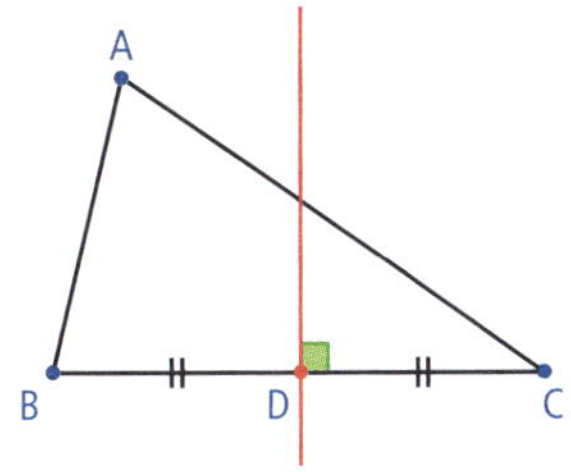

La médiatrice d'un côté d'un triangle est **la droite perpendiculaire à ce côté en son milieu**.

La **médiatrice d'un segment** est l'ensemble des points équidistants des extrémités de ce segment.

Propriété

Les médiatrices d'un triangle sont concourantes (se coupent en un même point) au niveau du centre du cercle circonscrit au triangle.

Exemple : Ω est le centre du cercle circonscrit.
On a ΩA = ΩB = ΩC.

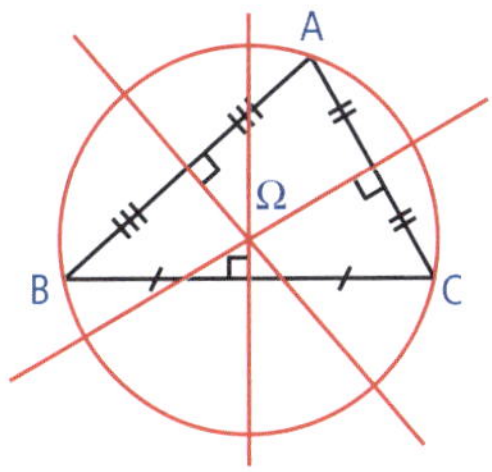

HAUTEURS D'UN TRIANGLE

La hauteur relative à un côté d'un triangle est **la droite perpendiculaire à ce côté qui passe par le sommet opposé à ce côté**.

On parle parfois de la hauteur issue de A.

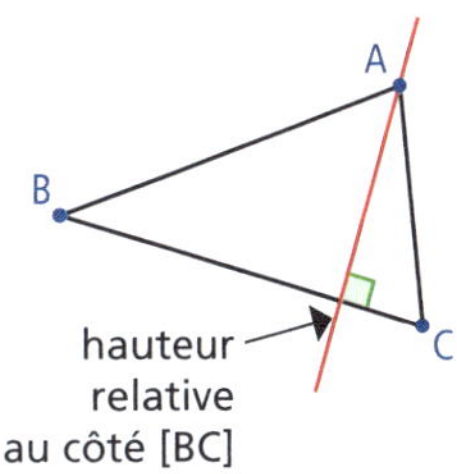

Propriété

Les hauteurs d'un triangle sont concourantes en un point que l'on nomme l'orthocentre.

Exemple : H est l'orthocentre de ABC.

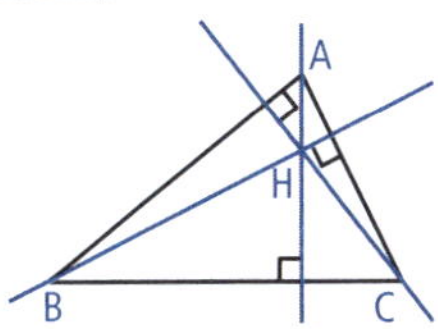

La recette pour réussir

SAVOIR FAIRE

Construire une médiatrice

- Prendre un écartement de compas suffisant (plus grand que la moitié de la longueur du segment).
- Tracer un arc de cercle de centre A de chaque côté de [AB].
- Tracer un arc de cercle de centre B de chaque côté de [AB].
- Relier les points d'intersection de ces deux arcs de cercle.

Construire la hauteur relative au côté [BC] du triangle ABC

- Tracer (BC).
- Tracer la perpendiculaire à (BC) passant par A : c'est la hauteur !

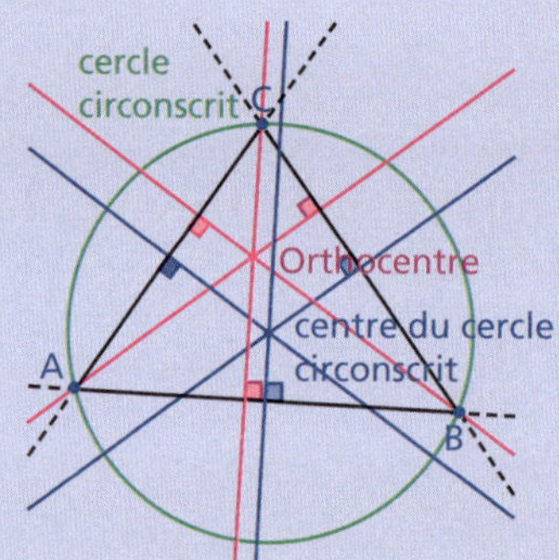

ASTUCES DU CHEF

- Pour tracer le centre du cercle circonscrit, il suffit de tracer deux médiatrices.
- Pour tracer l'orthocentre, il suffit de tracer deux hauteurs.
- La recherche d'un point équidistant de trois points non alignés correspond à une recherche de centre du cercle circonscrit.

À VOS FOURNEAUX – EXERCICES BREVET

1 a. Construire le triangle ABC tel que AB = 3 cm, BC = 4 cm et AC = 5 cm.
b. Construire le centre du cercle circonscrit au triangle ABC.

2 a. Construire le triangle ABC tel que AB = 4 cm, BC = 4 cm et AC = 5 cm.
b. Tracer la hauteur relative à [AB].
c. Tracer la hauteur relative à [AC].
d. Que peut-on dire de l'intersection des deux hauteurs précédentes ?
e. Tracer le centre du cercle circonscrit au triangle ABC.

► Corrigés en fin d'ouvrage

Triangles égaux et semblables 22

Les ingrédients

TRIANGLES ÉGAUX

Deux triangles sont égaux lorsqu'on peut les superposer par glissement ou retournement.

Exemple : les deux triangles ci-contre sont égaux.

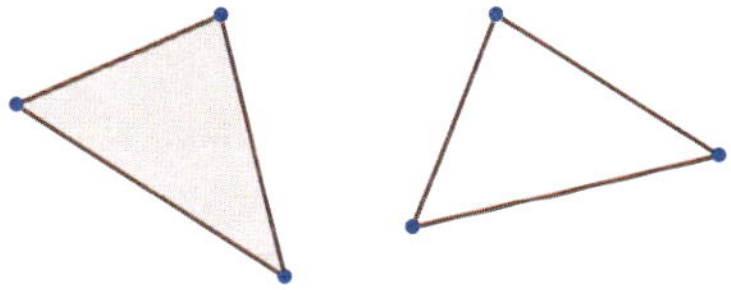

Propriété

Deux triangles égaux ont leurs côtés égaux et leurs angles égaux.

La réciproque est fausse.

TRIANGLES SEMBLABLES

Deux triangles sont semblables si les angles de l'un sont égaux aux angles de l'autre.

Propriété

Si deux triangles sont semblables, alors les longueurs des côtés de l'un sont proportionnelles aux longueurs des côtés de l'autre.

CARACTÉRISATION DES TRIANGLES SEMBLABLES

Si les longueurs des côtés d'un triangle sont proportionnelles aux longueurs des côtés d'un autre triangle, alors les deux triangles sont semblables.

Exemple : les triangles ABC et A'B'C' sont semblables.

En effet, $b' = 2b$, $c' = 2c$ et $a' = 2a$.

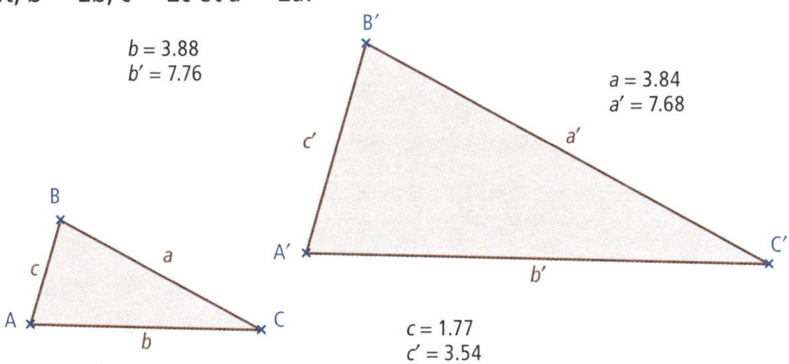

La recette pour réussir

SAVOIR FAIRE

Démontrer que deux triangles sont semblables

Il suffit de démontrer que deux couples d'angles sont égaux deux à deux.

Démontrer que deux triangles sont égaux

- Si les deux triangles ont un côté de même longueur entre deux angles de la même mesure.
- Si les deux triangles ont un angle de la même mesure compris entre deux côtés de la même longueur.
- Si les deux triangles ont leurs côtés deux à deux de la même longueur.

ASTUCES DU CHEF

- Des triangles égaux sont superposables.
- L'image d'un triangle par une homothétie est un triangle semblable.

À VOS FOURNEAUX – EXERCICES BREVET

1 *On considère la figure ci-contre qui n'est pas à l'échelle.*

On donne BD = 4 cm.

a. Montrer que les triangles CBD et BFE sont semblables.

b. Sophie affirme que l'angle $\widehat{BFE}$ est un angle droit. A-t-elle raison ?

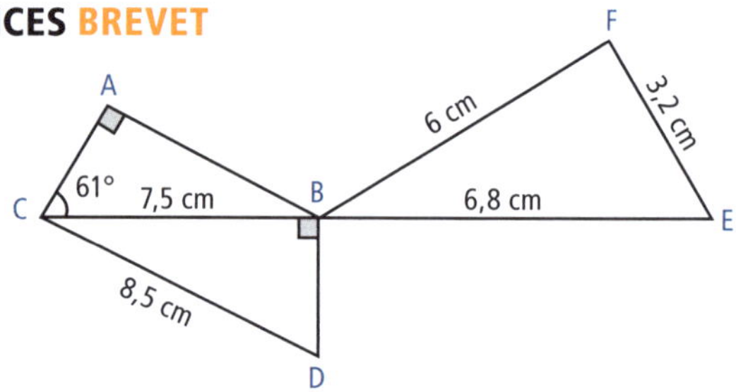

(d'après DNB 2018)

2 *On considère la figure ci-contre qui n'est pas à l'échelle.*

On donne AH = 3,5 cm.

a. Démontrer que les triangles ABC et HAC sont semblables.

b. Déterminer le coefficient de réduction permettant de passer du triangle ABC au triangle HAC.

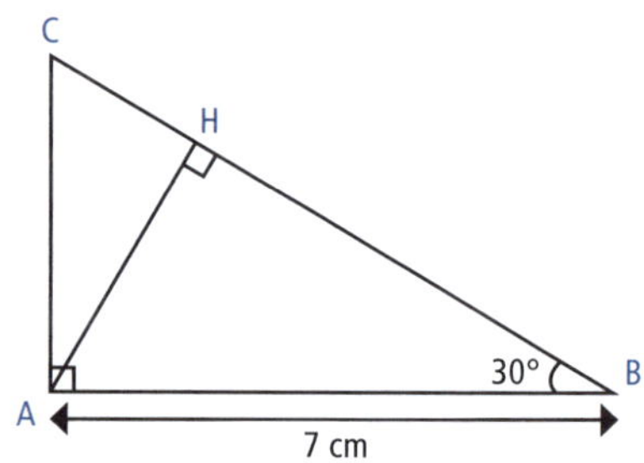

▶ Corrigés en fin d'ouvrage

Angles et droites parallèles

23

Les ingrédients

ANGLES ALTERNES-INTERNES

- Deux droites ($d1$) et ($d2$) sont coupées par une sécante (d).
- Les angles situés à l'intérieur de ($d1$) et ($d2$), placés de part et d'autres de (d), constituent **un couple d'angles alternes-internes**.

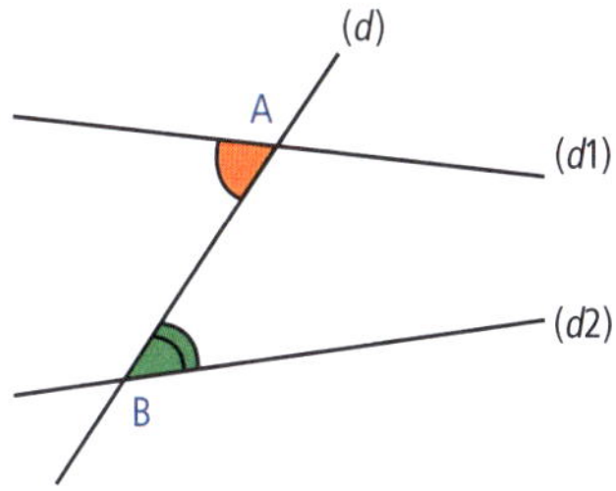

ANGLES CORRESPONDANTS

- Deux droites ($d1$) et ($d2$) sont coupées par une sécante (d).
- Les angles situés du même côté de (d), l'un étant à l'intérieur de ($d1$) et ($d2$), et l'autre étant extérieur, constituent **un couple d'angles correspondants**.

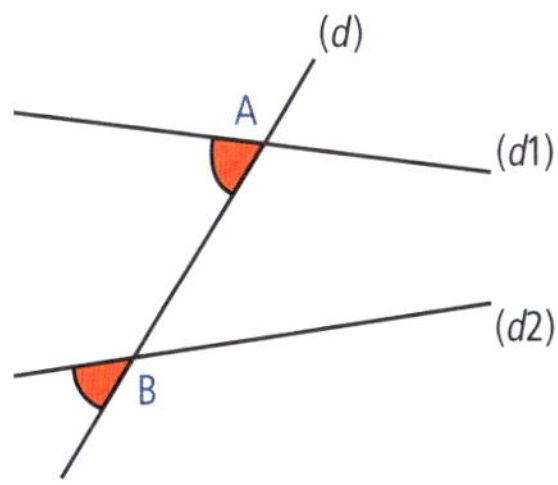

PARALLÉLISMES ET COUPLES D'ANGLES

Si ($d1$) et ($d2$) sont deux droites parallèles et (d) est une sécante, alors :

- **les angles alternes-internes sont de même mesure.**
- **les angles correspondants sont de même mesure.**

Si deux angles alternes-internes ou correspondants ont la même mesure, alors :

→ **($d1$) et ($d2$) sont parallèles.**

La recette pour réussir

SAVOIR FAIRE

Caractériser des angles alternes-internes

On dit que deux angles sont alternes-internes car ils se situent à l'intérieur des deux droites et **de part et d'autre** de la sécante.

Caractériser des angles correspondants

On dit que deux angles sont correspondants car ils se situent à l'intérieur des deux droites et **du même côté** de la sécante.

ASTUCES DU CHEF

Démontrer que deux droites sont parallèles

Des angles alternes-internes ou correspondants de la même mesure permettent de prouver que deux droites sont parallèles.

Démontrer que deux angles alternes-internes ou correspondants sont égaux

Deux droites parallèles coupées par une sécante permettent de prouver que le couple d'angles alternes-internes ou correspondants ont la même mesure.

À VOS FOURNEAUX – EXERCICES BREVET

1 *On considère la figure ci-contre qui n'est pas à l'échelle.*

On suppose que (MP) et (BC) sont parallèles. Démontrer que les angles $\widehat{CBA}$ et $\widehat{AMP}$ sont égaux.

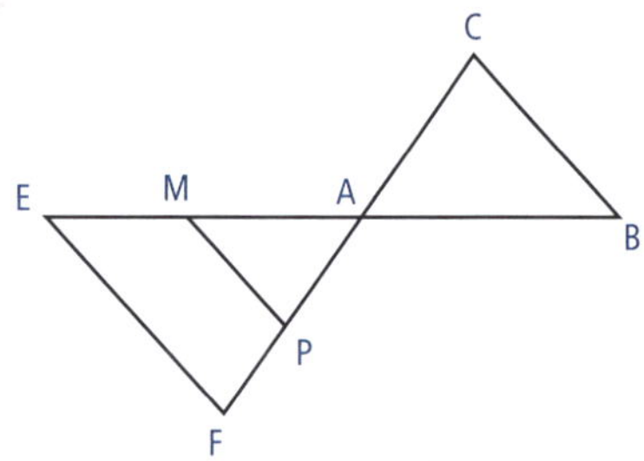

2 (AB) et (CG) sont deux droites parallèles.

a. Que peux-t-on dire des angles $\widehat{FDB}$ et $\widehat{ADE}$?

b. En déduire la mesure de $\widehat{ADE}$.

c. Que peut-on dire des angles $\widehat{ADE}$ et $\widehat{EDB}$?

d. En déduire la mesure de $\widehat{EDB}$.

e. Donner des couples d'angles correspondants et des couples d'angles alternes-internes.

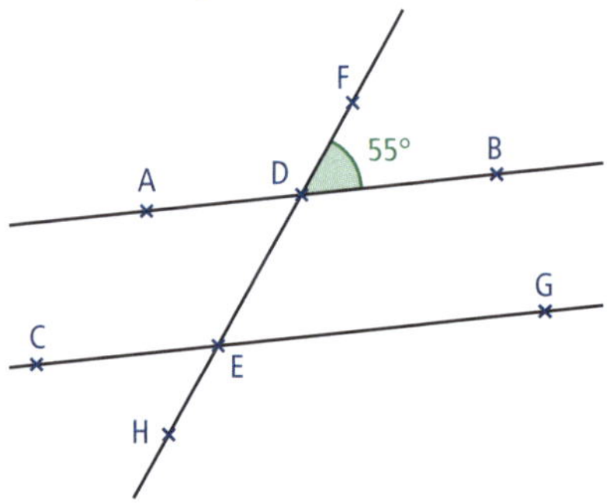

► Corrigés en fin d'ouvrage

Parallélogrammes

24

Les ingrédients

DÉFINITION

Un parallélogramme est un quadrilatère. ABCD est un parallélogramme ayant ses **côtés opposés parallèles deux à deux**.

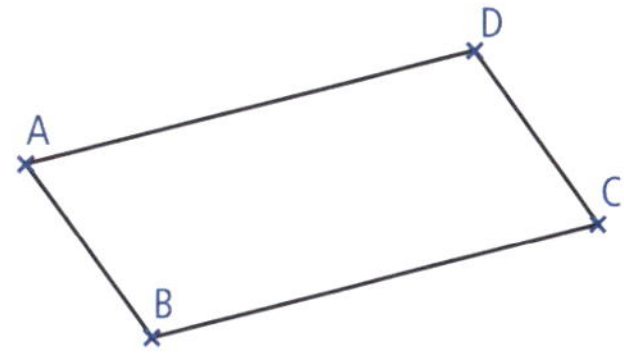

PROPRIÉTÉS

Dans un parallélogramme ABCD, on a :
- **les côtés opposés de même longueur deux à deux ;**
- **les angles opposés de même mesure deux à deux ;**
- **les diagonales qui se coupent en leur milieu.**

Exemple : on peut résumer cela en codant la figure ABCD, parallélogramme dont les diagonales se coupent en O. On dit que O est le centre du parallélogramme.

O est le centre de symétrie du quadrilatère !

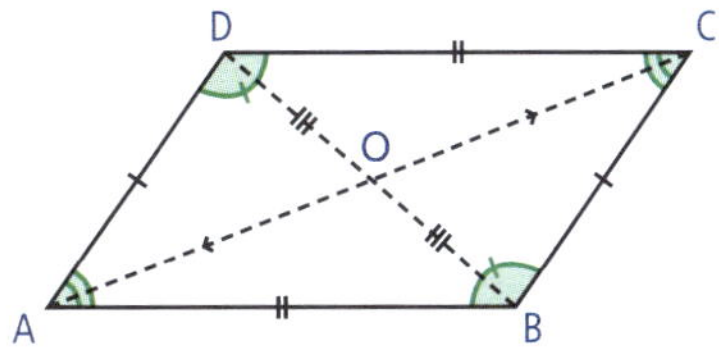

CARACTÉRISATION D'UN PARALLÉLOGRAMME

- Un quadrilatère non croisé (n'ayant pas la forme d'un sablier) dont les côtés opposés ont la même longueur deux à deux est un parallélogramme.
- Un quadrilatère non croisé dont deux côtés opposés ont la même longueur et sont parallèles est un parallélogramme.
- Un quadrilatère non croisé dont les diagonales se coupent en leur milieu est un parallélogramme.

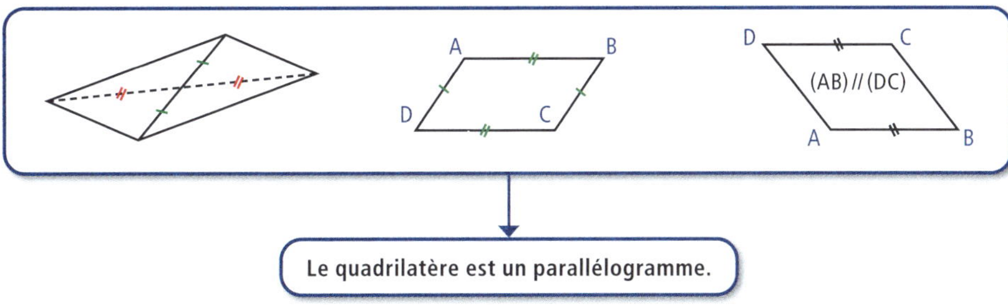

La recette pour réussir

SAVOIR FAIRE

Construire un parallélogramme ABCD connaissant trois sommets A, B et C en utilisant les parallèles

- Tracer [AB] et [BC].
- Tracer, à l'aide d'une règle et d'une équerre, la parallèle à (AB) passant par C.
- Tracer, à l'aide d'une règle et d'une équerre, la parallèle à (BC) passant par A.
- Le point d'intersection des deux droites précédentes est le quatrième sommet.

Construire un parallélogramme ABCD connaissant trois sommets A, B et C en utilisant les longueurs égales

- Tracer [AB] et [BC].
- On doit avoir AB = CD et BC = AD. Utiliser un compas pour reporter les longueurs égales. « Piquer » en C et reporter la longueur AB en traçant un arc de cercle.
- « Piquer » en A et reporter la longueur BC en traçant un arc de cercle.
- Les deux arcs de cercle se coupent en D.

ASTUCES DU CHEF

- Il faut commencer par effectuer une figure à main levée, avec le codage de toutes les données de l'énoncé. Cela permet de prévoir le positionnement des différents points.
- Pour démontrer qu'un quadrilatère non croisé est un parallélogramme, il faut utiliser : soit la définition à partir des côtés opposés parallèles deux à deux, soit le fait que les diagonales se coupent en leur milieu, ou alors il faut vérifier que deux côtés opposés sont parallèles et de même longueur.
- Pour démontrer que deux droites sont parallèles, on peut utiliser un parallélogramme.

À VOS FOURNEAUX – EXERCICES BREVET

1 *On considère la figure ci-contre qui n'est pas à l'échelle.*

Prouver que les droites (AB) et (DC) sont parallèles.

(d'après DNB 2014, Asie)

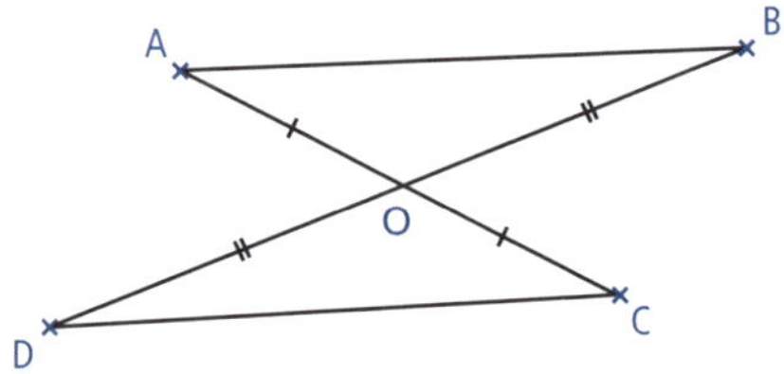

O, A, C sont alignés et O, B, D sont alignés

2 a. Placer trois points A, B et C non alignés. Tracer la droite (*d*) parallèle à (AB) passant par C.
b. Tracer le cercle de centre C et de rayon AB. Il coupe (*d*) en D et E.
c. Nommer les deux quadrilatères dont trois sommets sont A, B et C. Donner leur nature.

▶ Corrigés en fin d'ouvrage

Parallélogrammes particuliers 25

Les ingrédients

DES PARALLÉLOGRAMMES PARTICULIERS

Le losange

Il s'agit d'un quadrilatère ayant ses 4 côtés de la même longueur.

Conséquences :

- C'est un parallélogramme, donc ses diagonales se coupent en leur milieu.
- Ses diagonales sont perpendiculaires.

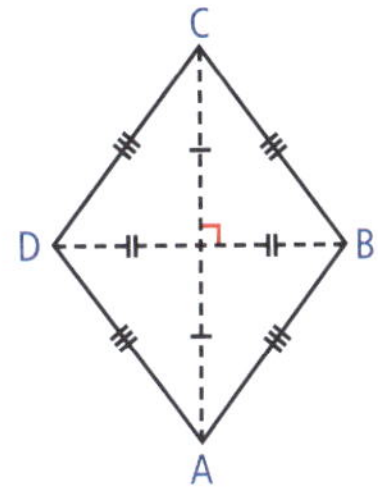

Le rectangle

Il s'agit d'un quadrilatère ayant ses 4 angles droits.

Conséquences :

- C'est un parallélogramme, donc ses diagonales se coupent en leur milieu.
- Ses diagonales ont la même longueur.

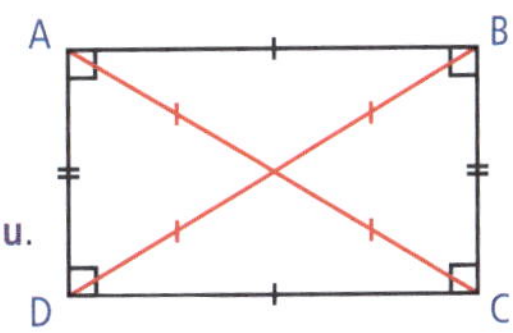

Le carré

Il s'agit d'un quadrilatère qui est à la fois un losange et un rectangle.

Conséquences :

- Ses 4 côtés ont la même longueur.
- Ses 4 angles sont droits.
- Ses diagonales sont perpendiculaires et ont la même longueur.

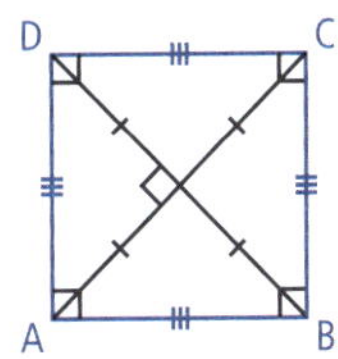

CARACTÉRISATION DES PARALLÉLOGRAMMES PARTICULIERS

Pour un rectangle :

– Un parallélogramme ayant un angle droit est un rectangle.

– Un parallélogramme ayant ses diagonales de même longueur est un rectangle.

Pour un losange :

– Un parallélogramme ayant deux côtés consécutifs de la même longueur est un losange.

– Un parallélogramme ayant ses diagonales perpendiculaires est un losange.

La recette pour réussir

SAVOIR FAIRE

Construire un rectangle ABCD en connaissant AB et AC

- Noter O le centre du rectangle.

On sait que AO = AC ÷ 2.

- Tracer le triangle isocèle ABO.
- Construire C le symétrique de A par rapport à O.
- Construire D le symétrique de B par rapport à O.
- Tracer [BC], [CD] et [DA].

Construire un losange ABCD en connaissant AB et AC

- Noter O le centre du losange ABCD.
- Tracer la diagonale [AC].
- Tracer la médiatrice de [AC]
- Utiliser un écartement de compas égal à AB, piquer en A et tracer un arc de cercle de sorte que celui-ci coupe la médiatrice précédente.
- On obtient alors les positions possibles pour B et D.

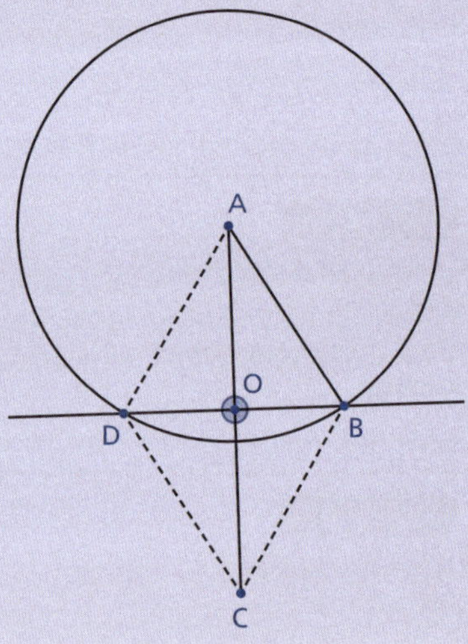

ASTUCES DU CHEF

- Avant de se lancer dans une démonstration, il faut repérer si la figure possède un centre de symétrie ou des axes de symétrie.
- Il ne faut pas oublier qu'un carré est à la fois un rectangle et un losange.

À VOS FOURNEAUX – EXERCICES BREVET

1 *On considère la figure à main levée ci-contre.*

Pourquoi peut-on affirmer que OELM est un losange ?

(d'après DNB 2012, Pondichéry)

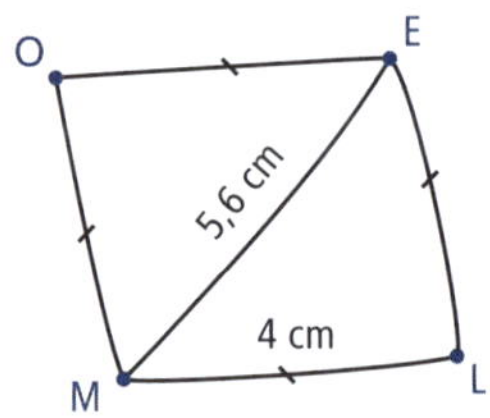

2 Le quadrilatère ABCD est un parallélogramme de centre O tel que OA = OB. Les droites (AC) et (BD) sont perpendiculaires.

Démontrer que ABCD est un carré.

▶ Corrigés en fin d'ouvrage

Théorème de Pythagore

26

Les ingrédients

TRIANGLE RECTANGLE

- Dans un triangle ABC rectangle en A, **l'hypoténuse** est le côté en face de l'angle droit, ici [BC].
- Les autres côtés [AC] et [BA] sont les **côtés de l'angle droit**.

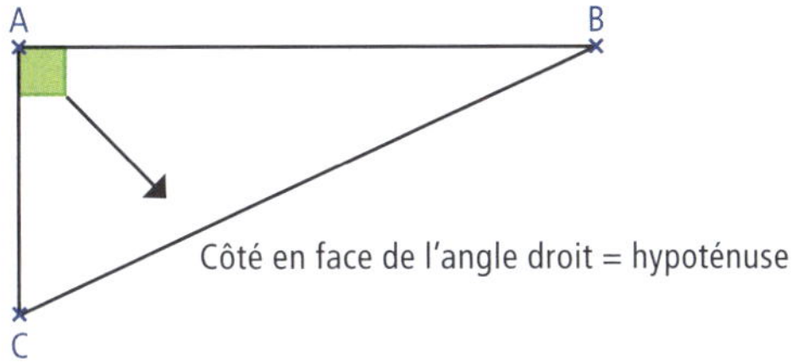

Attention, on ne peut utiliser le mot « hypoténuse » que dans le cas d'un triangle rectangle !

THÉORÈME DE PYTHAGORE

Dans un triangle rectangle, **le carré de l'hypoténuse est égal à la somme des carrés des côtés de l'angle droit**.

Autre formulation

Si le triangle ABC est rectangle en A, alors $BC^2 = BA^2 + AC^2$.

Exemple : MAT est rectangle en A, l'hypoténuse est [MT].
D'après le théorème de Pythagore on a $MT^2 = MA^2 + AT^2$.

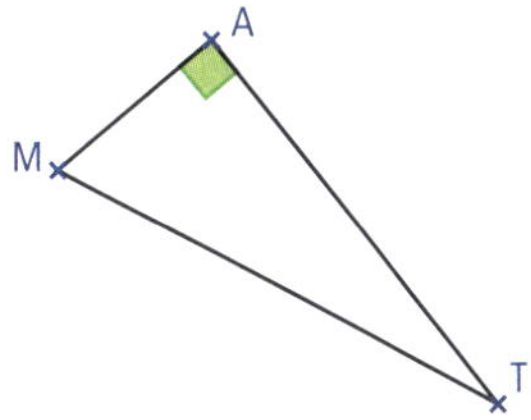

Prouver qu'un triangle n'est pas un triangle rectangle :
si le carré du côté le plus long d'un triangle n'est pas égal à la somme des carrés des deux autres côtés, alors ce triangle n'est pas rectangle.

VERSION GÉOMÉTRIQUE DU THÉORÈME DE PYTHAGORE À L'AIDE D'AIRES

Aire du carré bleu = somme des aires des deux autres carrés

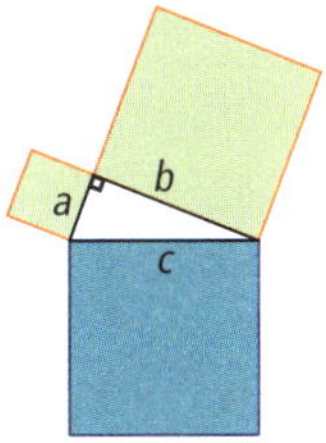

La recette pour réussir

SAVOIR FAIRE

Calculer la longueur de l'hypoténuse d'un triangle rectangle

Pour calculer la longueur MT du triangle rectangle ci-dessous :

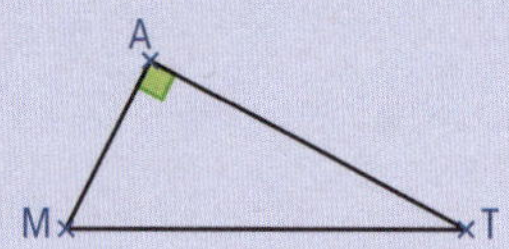

- Appliquer le théorème de Pythagore : **$MT^2 = MA^2 + AT^2$.**
- Remplacer par les valeurs connues pour obtenir MT^2.
- On obtient MT en calculant la racine carrée de MT.

Calculer la longueur d'un côté adjacent à l'angle droit d'un triangle rectangle

- Pour calculer MA, appliquer le théorème de Pythagore : **$MT^2 = MA^2 + AT^2$.**

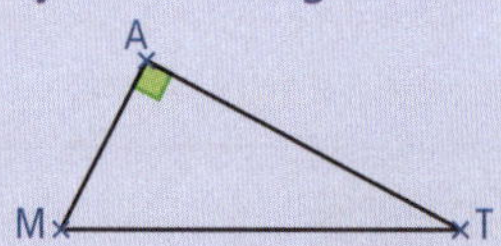

- Remplacer par les valeurs connues, puis isoler MA^2.
- On obtient MA en calculant la racine carrée de MA.

ASTUCES DU CHEF

- Le théorème ne s'applique qu'aux triangles rectangles, il faudra donc vérifier cela avant toute utilisation.
- Pour « éliminer » le carré, on utilise la racine carrée. Il faut utiliser la touche $\sqrt{}$ de la calculatrice.

À VOS FOURNEAUX – EXERCICES BREVET

1 *On considère la figure ci-contre qui n'est pas à l'échelle.*

Calculer, en justifiant, BD.

(d'après DNB 2018)

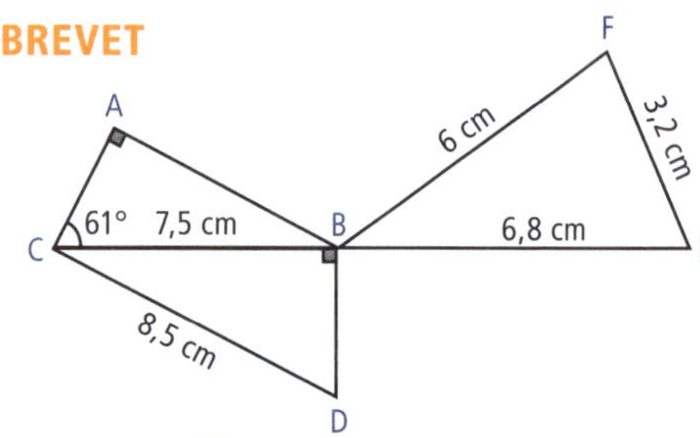

2 D, P et A sont alignés.
K, H et A sont alignés.
DA = 60 cm, DK = 11 cm et DP = 45 cm.
Calculer, au millimètre près et en justifiant, KA.

(d'après DNB 2015)

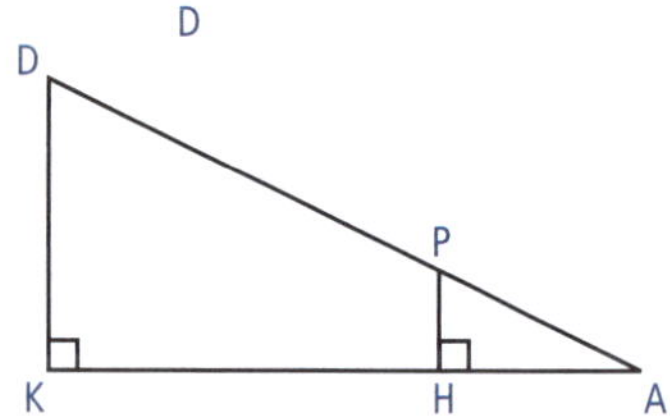

▶ Corrigés en fin d'ouvrage

Réciproque du théorème de Pythagore

27

Les ingrédients

RÉCIPROQUE DU THÉORÈME DE PYTHAGORE

Si, dans un triangle, le carré du plus grand côté est égal à la somme des carrés des deux autres côtés, **alors ce triangle est rectangle et a pour hypoténuse le plus grand côté**.

Autre formulation

Si, dans un triangle ABC, on a $BC^2 = BA^2 + AC^2$, alors le triangle ABC est rectangle en A.

Cette réciproque a une seule utilité : prouver qu'un triangle est un triangle rectangle !

UTILISATION DE LA RÉCIPROQUE

Pour utiliser la réciproque du théorème de Pythagore :

Calculer séparément le carré du côté le plus long et la somme des carrés des deux autres côtés.

Cas 1 : égalité

D'après la réciproque du théorème de Pythagore, le triangle est rectangle.

Cas 2 : inégalité

D'après le théorème de Pythagore, le triangle n'est pas rectangle.

Exemple : ABC est un triangle tel que AB = 5 cm, AC = 12 cm et BC = 13 cm.

ABC est rectangle en A. En effet, le côté le plus long est [BC].

Si on calcule séparément BC^2 et $BA^2 + AC^2$, on obtient :

$BC^2 = 13^2 = 169$

$BA^2 + AC^2 = 5^2 + 12^2 = 25 + 144 = 169$

On a $BC^2 = BA^2 + AC^2$.

D'après la réciproque du théorème de Pythagore, le triangle ABC est donc rectangle en A.

La recette pour réussir

SAVOIR FAIRE

Prouver qu'un triangle est (ou n'est pas) un triangle rectangle

- Il faut calculer séparément le carré du plus grand des côtés et la somme des carrés des deux autres côtés.
- Puis, il faut comparer les deux valeurs : s'il y a égalité, le triangle est un triangle rectangle.

ASTUCES DU CHEF

- Lors du calcul des carrés des longueurs, il faut utiliser des valeurs exactes et non des valeurs approchées.
- Il faut toujours repérer le côté le plus long.

À VOS FOURNEAUX – EXERCICES BREVET

1 Donner la nature du triangle ABC dans les différents cas :

a. Cas 1 : AB = 8 cm, AC = 10 cm et BC = 5,9 cm.

b. Cas 2 : AB = 8 cm, AC = 10 cm et BC = 6 cm.

2 Elsa possède un champ représenté par le triangle ABC ci-dessous.
Elle achète à son voisin le champ adjacent, représenté par le triangle ADC.
On obtient le nouveau champ ABCD.

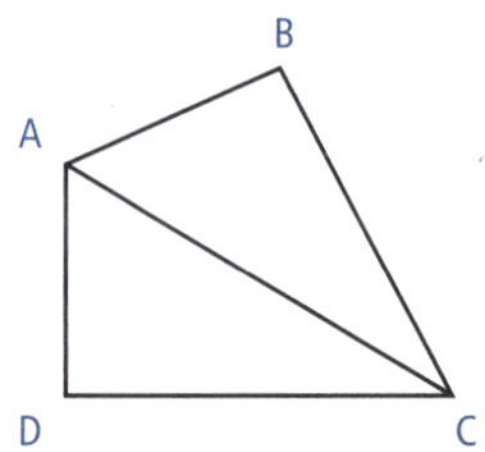

Elsa sait que le périmètre de ABC est de 154 m et que BC = 56 m.
Son voisin l'informe que le périmètre de ADC est de 144 m et que AC = 65 m.
Elle sait aussi que AD = 16 m.

a. Montrer que AB = 33 m et DC = 63 m.

b. Démontrer que le triangle ADC est rectangle en D.

(d'après DNB 2013, Amérique du Sud)

► Corrigés en fin d'ouvrage

Théorème de Thalès

28

Les ingrédients

THÉORÈME DE THALÈS

- Soient (d) et (d') deux droites sécantes en A.

B et N deux points distincts de (d), C et M deux points distincts de (d').

> **Si (BC) est parallèle à (MN), alors $\frac{AM}{AC} = \frac{AN}{AB} = \frac{MN}{BC}$.**

- On dit parfois que le point A est **le point central de la configuration**.

> Attention, il faut deux droites sécantes et des parallèles pour pouvoir appliquer le théorème de Thalès !

CONFIGURATIONS DE THALÈS

Configuration dite « papillon » ou « sablier »	Configuration triangle
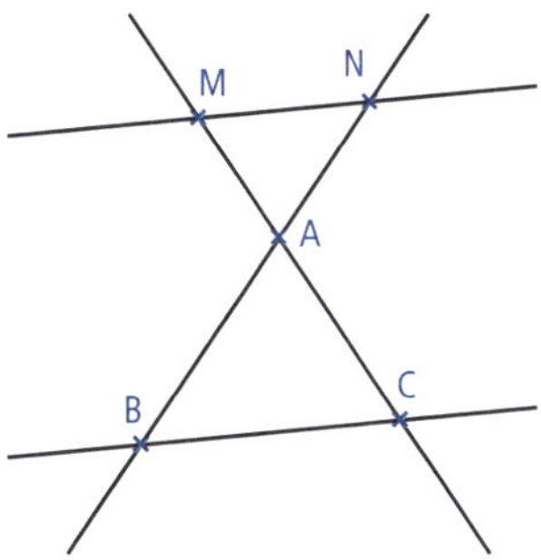	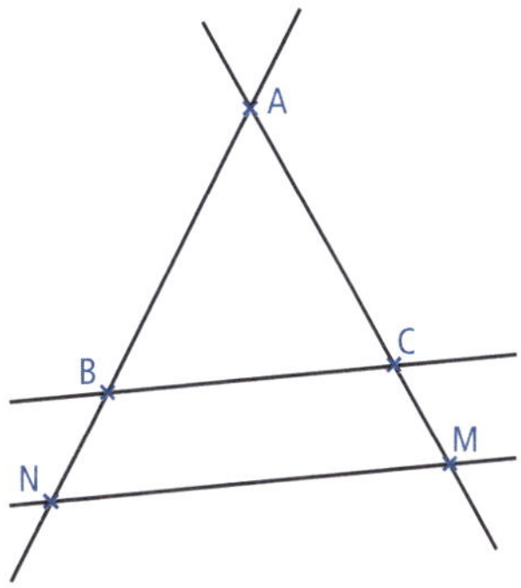

AGRANDISSEMENTS/RÉDUCTIONS

- Dans une configuration de Thalès, les triangles ABC et AMN ont des **longueurs proportionnelles**.
- Le **coefficient de proportionnalité** est alors donné par : $\frac{AM}{AC} = \frac{AN}{AB} = \frac{MN}{BC}$.
- L'un des triangles est donc un **agrandissement ou une réduction** de l'autre.

La recette pour réussir

SAVOIR FAIRE

Calculer des longueurs

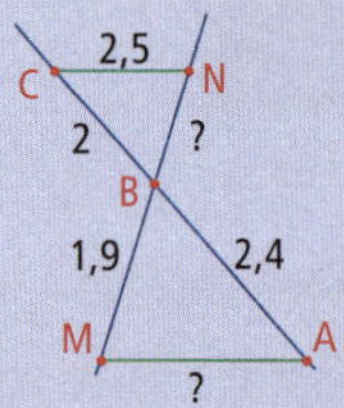

- AB = 2,4 cm, BM = 1,9 cm, BC = 2 cm et NC = 2,5 cm.
- (MA) et (CN) sont parallèles, d'après le théorème de Thalès :

$\frac{BA}{BC} = \frac{BM}{BN} = \frac{AM}{CN}$

- On remplace avec les longueurs connues :

$\frac{2,4}{2} = \frac{1,9}{BN} = \frac{AM}{2,5}$.

- On a donc : $AM = 2,5 \times \frac{2,4}{2}$ soit AM = 3 cm.
- $\frac{1,9}{BN} = \frac{2,4}{2}$ donc $\frac{BN}{1,9} = \frac{2}{2,4}$ soit $BN = 1,9 \times \frac{2}{2,4} \simeq 1,6$ cm.

Prouver que deux droites ne sont pas parallèles

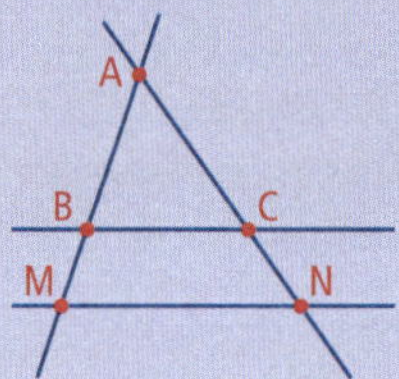

- AB = 3,7 cm, AC = 4,2 cm, M ∈ (AB), AM = 4,8 cm, N ∈ (AC) et AN = 5,6 cm.
- On compare $\frac{AM}{AB}$ et $\frac{AN}{AC}$:

$\frac{AM}{AB} = \frac{48}{37}$ et $\frac{AN}{AC} = \frac{56}{42} = \frac{4}{3}$.

- Si (BC) et (MN) étaient parallèles, en appliquant le théorème de Thalès, on aurait : $\frac{AM}{AB} = \frac{AN}{AC}$. Ce n'est pas le cas, donc (BC) et (MN) ne sont pas parallèles !

ASTUCES DU CHEF

- Dans les deux configurations de Thalès, les triangles ABC et ANM sont semblables.
- Une fois qu'on utilise l'égalité dite « de Thalès » et que l'on a remplacé toutes les valeurs connues, on utilise le produit en croix pour trouver les valeurs manquantes.

À VOS FOURNEAUX – EXERCICES BREVET

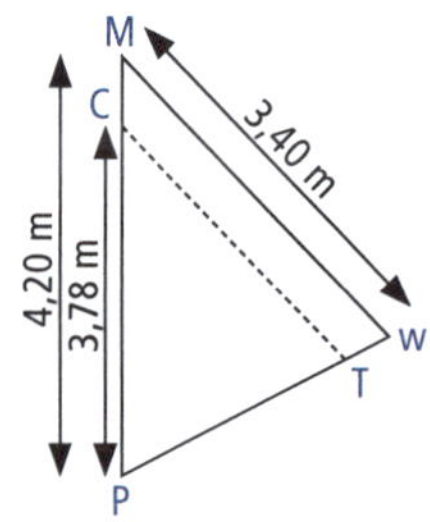

1 Un centre nautique effectue une réparation sur une voile triangulaire PMW (*voir la figure ci-contre*).
On souhaite faire une couture suivant le segment [CT]. Une fois la couture terminée, on mesure : PT = 1,88 m et PW = 2,30 m.
Montrer que la couture n'est pas parallèle à (MW).

2 Soit ABC un triangle tel que AB = 6 cm, AC = 7,2 cm et BC = 10 cm.
Soit R ∈ [AB] et AR = 4,5 cm. Soit T ∈ [AC] et (RT) // (BC).

a. Calculer, en justifiant, AT.

b. En déduire la valeur de RT.

► Corrigés en fin d'ouvrage

Réciproque du théorème de Thalès

29

Les ingrédients

ORDRE DES POINTS

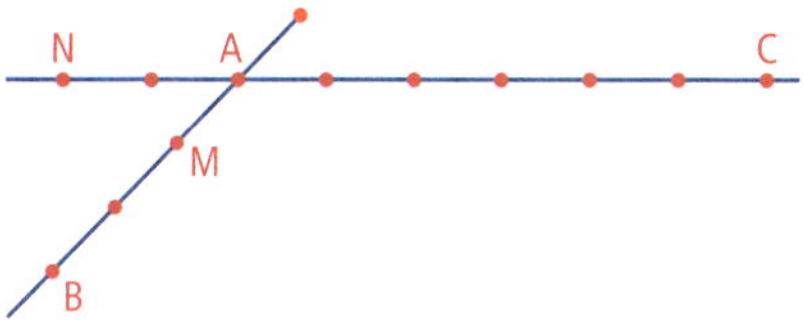

Ici, les points AMB et ANC ne sont **pas alignés dans le même ordre**.

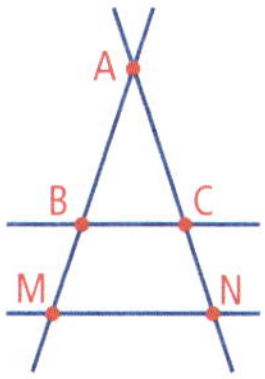

Ici, les points ABM et ACN sont **alignés dans le même ordre**.
Les points ABM et ANC ne sont **pas alignés dans le même ordre**.

RÉCIPROQUE DU THÉORÈME DE THALÈS

Étant donné deux droites (d) et (d') sécantes en A ; B et M deux points de (d) distincts de A ; C et N deux points de (d') distincts de A.

> **Si les points A, B, M et A, C, N sont dans le même ordre et si $\frac{AM}{AB} = \frac{AN}{AC}$**
> **alors les droites (BC) et (MN) sont parallèles.**

Exemple : AB = 35 m ; AC = 21 m ; AM = 40 m et AN = 24 m.

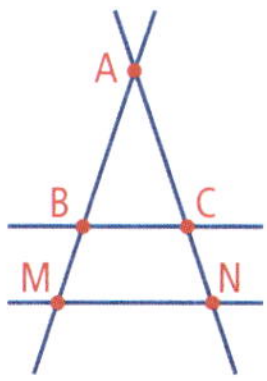

Les points ABM et ACN sont alignés dans le même ordre.

$\frac{AM}{AB} = \frac{40}{35} = \frac{8}{7}$ et $\frac{AN}{AC} = \frac{24}{21} = \frac{8}{7}$, donc $\frac{AM}{AB} = \frac{AN}{AC}$.

On peut conclure, par la réciproque du théorème de Thalès, que (BC) et (MN) sont parallèles.

La recette pour réussir

SAVOIR FAIRE

Démontrer que deux droites sont (ou ne sont pas) parallèles

Il faut suivre cet organigramme :

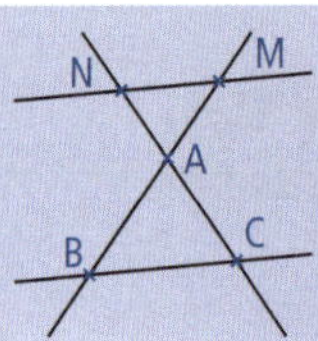

Calculer $\frac{AM}{AB}$ et $\frac{AN}{AC}$.
Comparer ces nombres.

Cas 1 : égalité

- Si A, B, M et A, C, N sont dans le même ordre, alors, d'après la **réciproque du théorème de Thalès :** (BC) // (MN).
- Si A, B, M et A, C, N ne sont pas dans le même ordre, alors on ne peut rien dire !

Cas 2 : inégalité

- Alors, d'après le **théorème de Thalès,** (BC) et (MN) sont sécantes.

ASTUCES DU CHEF

- Il faut toujours faire une figure à main levée pour faciliter le raisonnement.
- Vérifiez toujours que l'alignement est dans le bon ordre avant de vouloir appliquer la réciproque du théorème de Thalès.

À VOS FOURNEAUX – EXERCICES BREVET

1 Dans la figure ci-contre, (AB) et (CD) sont parallèles.
(AD) et (BC) se coupent en E.
DE = 6 cm, AE = 10 cm, AB = 20 cm et BE = 16 cm.

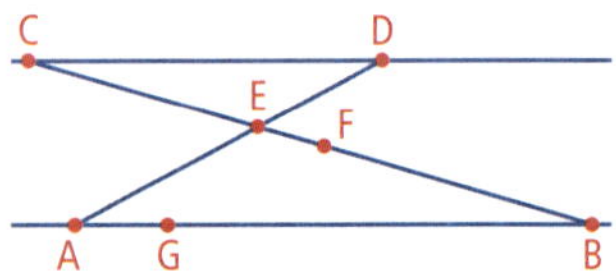

a. Calculer la distance CD.
b. Les points F et G appartiennent respectivement aux segments [BC] et [AB].
BF = 12,8 cm et BG = 16 cm.
Montrer que les droites (FG) et (AE) sont parallèles.

2 (AB) et (CD) sont parallèles, les points A, C, O, E sont alignés ainsi que les points B, D, O et F.
On donne les longueurs suivantes : CO = 3 cm, AO = 3,5 cm, OB = 4,9 cm, CD = 1,8 cm, OF = 2,8 cm et OE = 2 cm.

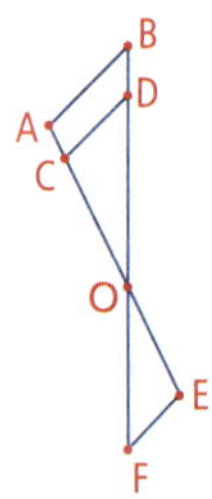

a. Calculer OD et AB.
b. Prouver que (EF) et (AB) sont parallèles.

► Corrigés en fin d'ouvrage

Relations trigonométriques dans le triangle rectangle

30

Les ingrédients

VOCABULAIRE DU TRIANGLE RECTANGLE

- Le **côté opposé** à $\widehat{ABC}$ est [AC].
- Le **côté adjacent** à $\widehat{ABC}$ est [AB].
- L'**hypoténuse** du triangle est [BC].

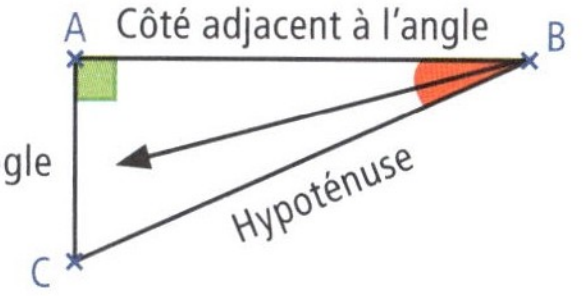

COSINUS D'UN ANGLE AIGU

$$\text{Cosinus d'un angle aigu} = \frac{\text{longueur du côté adjacent à l'angle}}{\text{longueur de l'hypoténuse}}$$

Exemple : dans le triangle ABC rectangle en A,
on a $\cos \widehat{ABC} = \dfrac{BA}{BC}$.

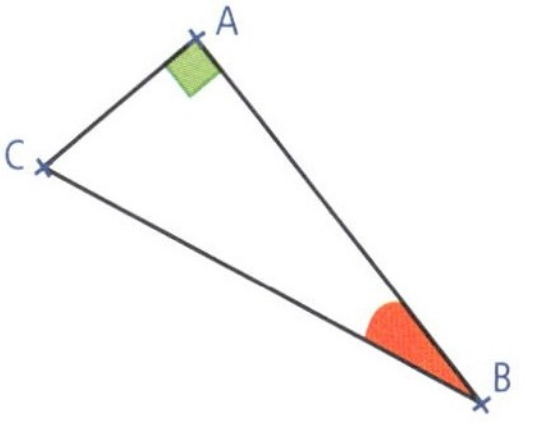

SINUS D'UN ANGLE AIGU

$$\text{Sinus d'un angle aigu} = \frac{\text{longueur du côté opposé à l'angle}}{\text{longueur de l'hypoténuse}}$$

Exemple : dans le triangle ABC rectangle en A,
on a $\sin \widehat{ABC} = \dfrac{AC}{BC}$.

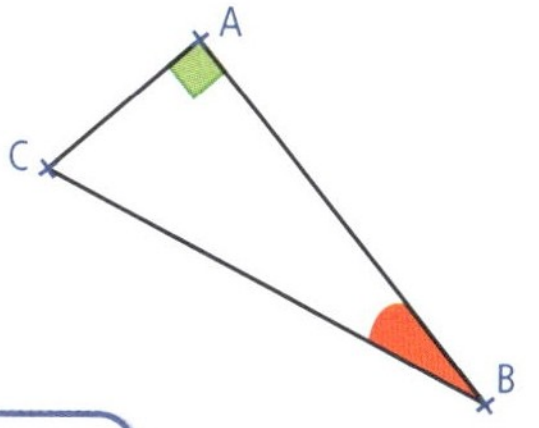

PROPRIÉTÉS

$0 < \cos \widehat{ABC} < 1$

$0 < \sin \widehat{ABC} < 1$

Les formules donnant les cosinus, sinus et tangente ne sont valables que dans le cas d'un triangle rectangle.

La recette pour réussir

SAVOIR FAIRE

Obtenir le cosinus d'un angle / Obtenir l'angle en connaissant son cosinus

- Pour obtenir la valeur de cos 60°, taper [cos] 60 [EXE] → on obtient 0,5.
- Pour obtenir la mesure de l'angle x tel que cos x = 0,2, taper [2nde] [cos] 0,2 [EXE] puis arrondir au degré près → on obtient 78°.

Obtenir le sinus d'un angle / Obtenir l'angle en connaissant son sinus

- Pour obtenir la valeur de sin 30°, taper [sin] 30 [EXE] → on obtient 0,5.
- Pour obtenir la mesure de l'angle x tel que sin x = 0,2, taper [2nde] [sin] 0,2 [EXE] puis arrondir au degré près → on obtient 12°.

Obtenir la tangente d'un angle / Obtenir l'angle en connaissant sa tangente

- Pour obtenir la valeur de tan 45°, taper [tan] 45 [EXE] → on obtient 1.
- Pour obtenir la mesure de l'angle x tel que tan x = 0,2, taper [2nde] [tan] 0,2 [EXE] puis arrondir au degré près → on obtient 11°.

À VOS FOURNEAUX – EXERCICES BREVET

1 Déterminer la mesure de l'angle α au degré près tel que :

Sin α = 0,7
Cos α = 0,5
Tan α = 0,1

2 Le triangle ABC est rectangle en B avec BA = 5 cm et BC = 7 cm.

a. Déterminer la mesure au degré près de l'angle $\widehat{BAC}$.

b. En déduire $\widehat{ACB}$.

▶ Corrigés en fin d'ouvrage

Applications de la trigonométrie

31

Les ingrédients

FORMULES À CONNAÎTRE

Cosinus d'un angle = $\dfrac{\textit{longueur du côté adjacent à l'angle}}{\textit{longueur de l'hypoténuse}}$

Sinus d'un angle = $\dfrac{\textit{longueur du côté opposé à l'angle}}{\textit{longueur de l'hypoténuse}}$

Tangente d'un angle aigu = $\dfrac{\textit{longueur du côté opposé à l'angle}}{\textit{longueur du côté adjacent à l'angle}}$

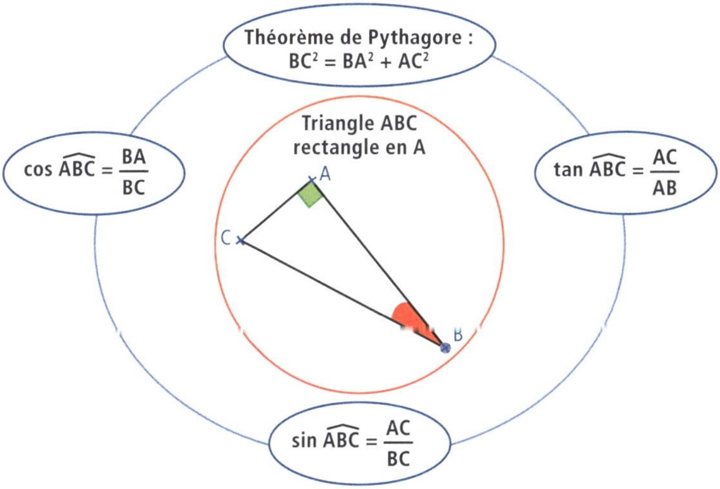

Les formules de trigonométrie établissent un lien entre les mesures des angles d'un triangle rectangle et les longueurs des différents côtés.

CONSÉQUENCES

- Le **sinus** d'un angle aigu est toujours compris **entre 0 et 1**.
- Le **cosinus** d'un angle aigu est toujours compris **entre 0 et 1**.
- La **tangente** d'un angle aigu est toujours **un nombre supérieur ou égal à 0**.

La calculatrice doit être réglée en mode degré !

La recette pour réussir

SAVOIR FAIRE

Calculer la longueur d'un des côtés du triangle rectangle connaissant un angle non droit

- **Si l'on connaît l'hypoténuse :** le sinus permet d'obtenir le côté opposé et le cosinus permet d'obtenir le côté adjacent.
- **Si l'on connaît le côté adjacent :** le cosinus permet d'obtenir l'hypoténuse et la tangente permet d'obtenir le côté opposé.
- **Si l'on connaît le côté opposé :** le sinus permet d'obtenir l'hypoténuse et la tangente permet d'obtenir le côté adjacent.

Obtention de la mesure d'un angle

- Dans le triangle rectangle, on forme tous les rapports trigonométriques.
- On utilise ensuite la calculatrice en mode degré pour obtenir une valeur approchée de la mesure des angles.

Par exemple : pour obtenir la mesure de l'angle x tel que $\sin x = 0{,}2$, on tape [2nde] [sin] 0,2 [EXE] puis on arrondit au degré près → on obtient 12°.

ASTUCES DU CHEF

- Il faut toujours vérifier que la calculatrice est réglée en mode degré.
- Si l'on connaît la mesure d'un angle non droit d'un triangle rectangle, le second angle non droit est complémentaire du premier.

À VOS FOURNEAUX – EXERCICES BREVET

1 *On considère le schéma ci-contre qui n'est pas à l'échelle.*

a. Que vaut AC ? Justifier la réponse.

b. Déterminer la mesure de $\widehat{BCA}$. Arrondir votre réponse au degré près.

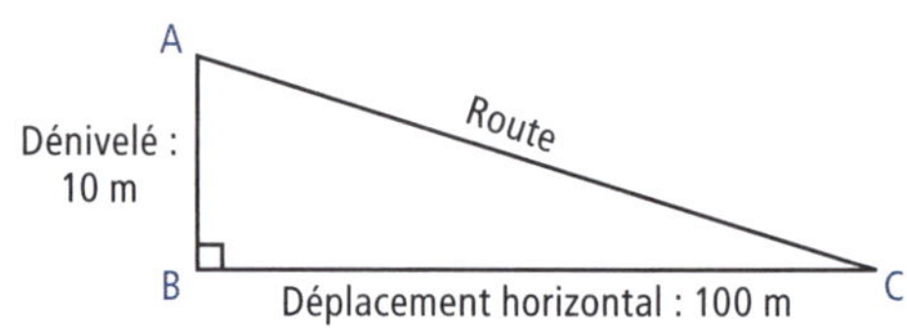

(d'après DNB 2015)

2 Le triangle ABC est rectangle en B.

a. Déterminer la mesure de l'angle $\widehat{ACB}$.

b. Calculer, en justifiant, la longueur BC.

c. Calculer, en justifiant, la longueur AC.

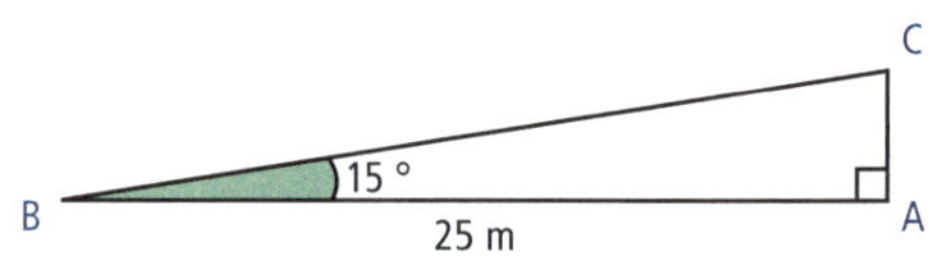

(d'après DNB 2019, Centres étrangers)

▶ Corrigés en fin d'ouvrage

Géométrie dans l'espace

32

Les ingrédients

PARALLÉLÉPIPÈDE RECTANGLE

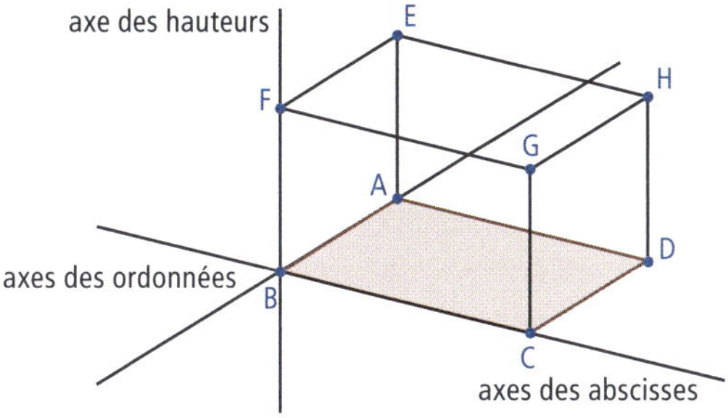

PYRAMIDE

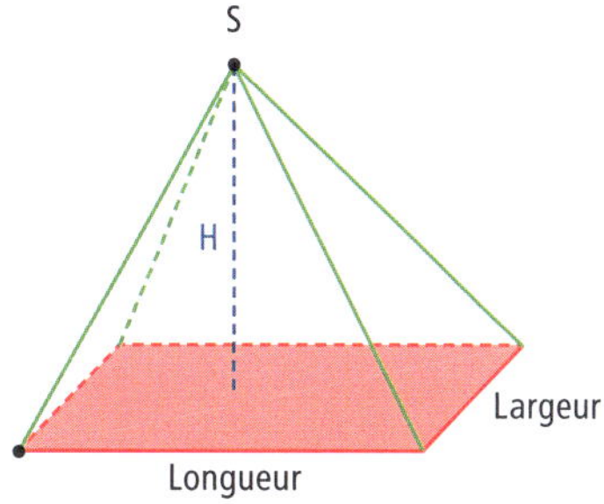

CÔNE DE RÉVOLUTION

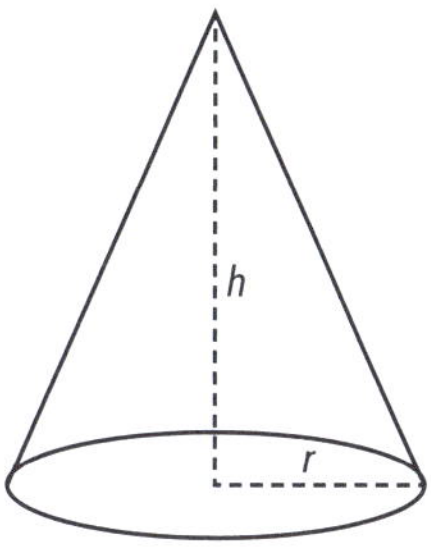

CYLINDRE DE RÉVOLUTION

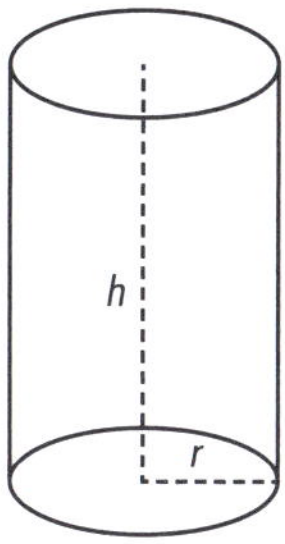

SPHÈRE DE CENTRE O ET DE RAYON *R*

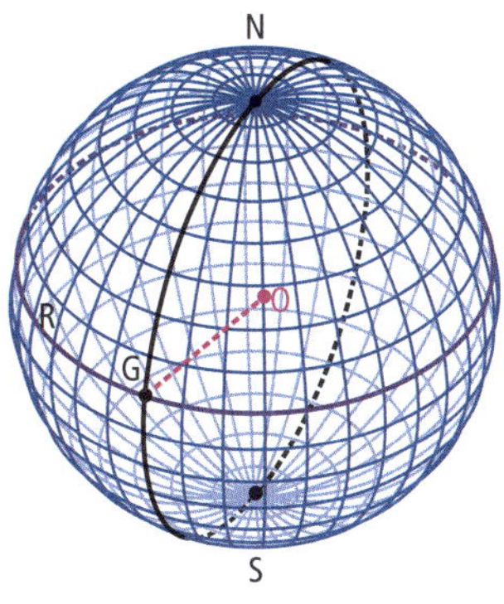

Pour réaliser une figure, on utilise **la perspective cavalière**.

Attention, les longueurs ne sont pas conservées !

La recette pour réussir

SAVOIR FAIRE

Repérage sur la Terre assimilée à une sphère

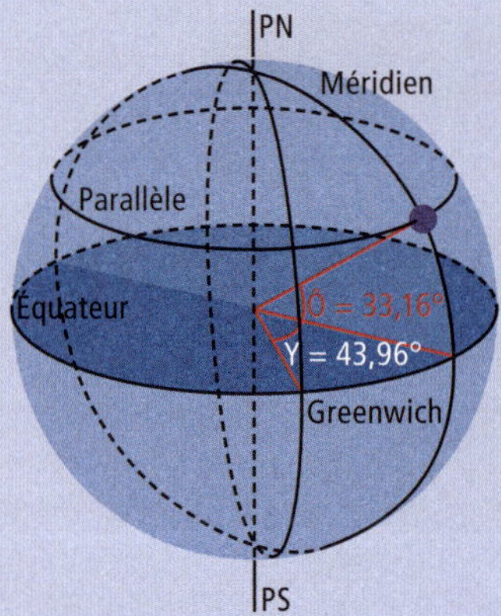

- On utilise un maillage constitué de cercles. Les « axes » sont l'équateur et le méridien de Greenwich (demi-cercle passant par les pôles).
- L'abscisse correspond à l'angle entre le méridien de Greenwich et le méridien du point orienté Ouest ou Est. On l'appelle la **longitude.** La longitude du point violet est 43,96° E.
- L'ordonnée correspond à l'angle entre l'équateur et le parallèle du point orienté Nord ou Sud. On l'appelle la **latitude.** La latitude du point violet est de 33,16° N.
- La donnée de la longitude et de la latitude permet de repérer de manière unique un point sur la Terre.

ASTUCES DU CHEF

- On ne peut pas réaliser le patron d'une sphère.
- Si l'on coupe un parallélépipède rectangle par un plan parallèle à une face, ou un cylindre de révolution par un plan parallèle à son axe, on obtient un rectangle.

À VOS FOURNEAUX – EXERCICES BREVET

1 *La figure ci-contre représente une maison.*

a. Décrire chaque partie de la maison en utilisant le vocabulaire adapté.
b. Calculer la surface au sol de la maison.
c. Des radiateurs électriques seront installés dans toute la maison, excepté au grenier. On cherche le volume à chauffer de la maison. Calculer d'abord le volume de la partie principale.
On rappelle que le volume d'une pyramide est donné par :
$V_{pyramide}$ = Aire de la base × Hauteur ÷ 3.

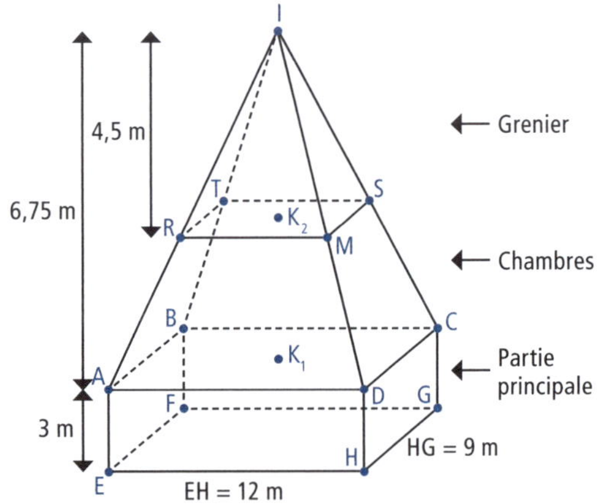

(d'après DNB 2015)

▶ Corrigés en fin d'ouvrage

Algorithmie et Scratch

33

Les ingrédients

ALGORITHMES

Un algorithme est une suite ordonnée et finie d'instructions, c'est-à-dire des **actions à exécuter**.

Ainsi, une recette de cuisine ou un programme de construction sont des exemples d'algorithmes.

Structure générale d'un algorithme :

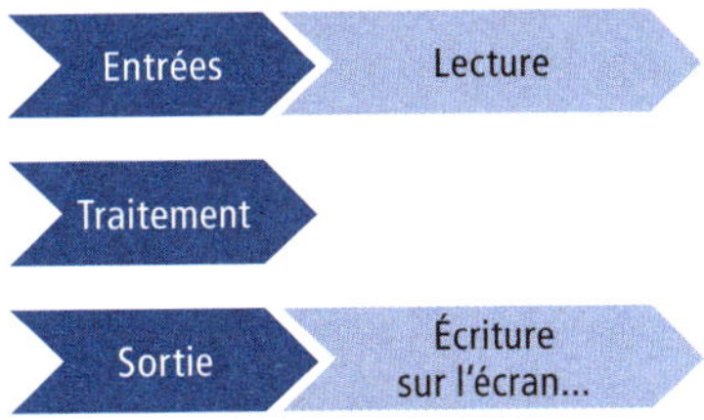

STRUCTURE GÉNÉRALE D'UN ALGORITHME

Pour stocker une information, on utilise une **variable**. C'est une « boîte » que le programme repère par son nom (son étiquette). Pour avoir accès à la variable, on la désigne par son **étiquette**. Une variable peut donc être un nombre, un texte, un booléen...

Affecter une variable, c'est préciser à quoi cette valeur est égale.

LANGAGE DE PROGRAMMATION SCRATCH

Scratch permet de construire un programme en assemblant des **« briques »**.

Langage usuel	Scratch
– Affecter une valeur à x. – Afficher x.	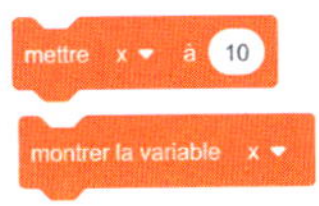

Nombres	Textes, chaînes de caractère	Booléens
+ addition – soustraction * multiplication / division ^ puissance	+ met bout à bout deux chaînes de caractères. En Scratch, c'est : 	Et Ou Non

On peut aussi répéter un certain nombre de fois ou indéfiniment des blocs d'instructions :

La recette pour réussir

SAVOIR FAIRE

Communiquer avec Scratch

- Demander « Quel est ton nom ? »
- Stocker le nom dans x.
- Demander « Quel est ton prénom ? »
- Stocker le prénom dans y.
- Afficher « $y + x$ ».

Le programme demande le nom et le prénom, puis affiche le prénom suivi du nom.

ASTUCE DU CHEF

- Pour démarrer un programme, commencez toujours par la brique suivante :

À VOS FOURNEAUX – EXERCICE BREVET

1 Qu'effectue cet algorithme ?

- **Lire le nombre x.**
- **Attribuer à x la valeur $x - 10$.**
- **Attribuer à x la valeur x^2.**
- **Écrire x.**

(d'après DNB 2015)

▶ Corrigé en fin d'ouvrage

Fonctions et Scratch

Les ingrédients

DÉFINIR DES FONCTIONS SUR SCRATCH

Les fonctions sont des parties de programmes.

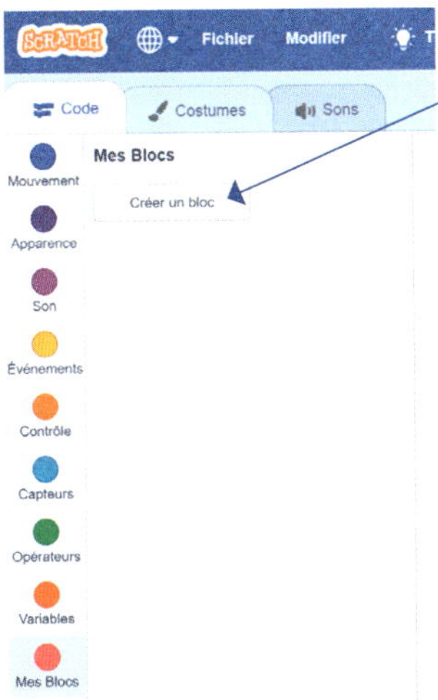

Pour les définir, on doit ajouter **un bloc** sous Scratch.

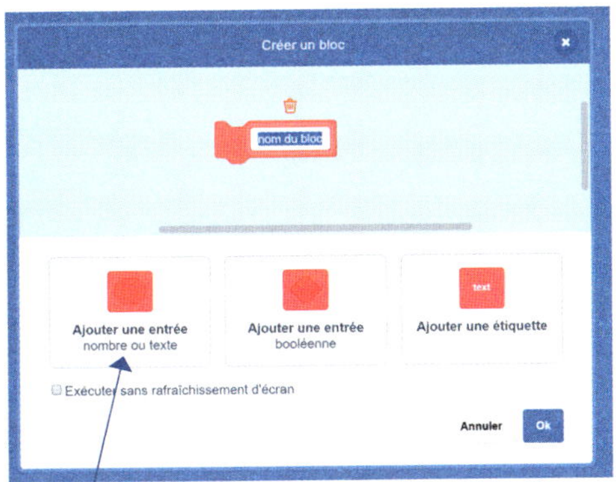

On choisit **« Ajouter une entrée »**. On clique sur **« Ok »**.

On peut l'appeler **« fonction »**.

On choisit ensuite les **variables**.

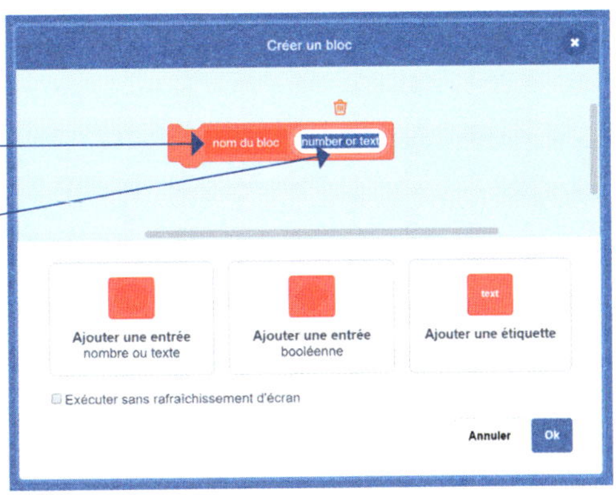

On peut maintenant utiliser ce bloc comme une fonction.

La recette pour réussir

SAVOIR FAIRE

Définir une fonction

Pour définir la fonction $f(x) = 3x^2 + 5x - 2$, on procèdera de la sorte :

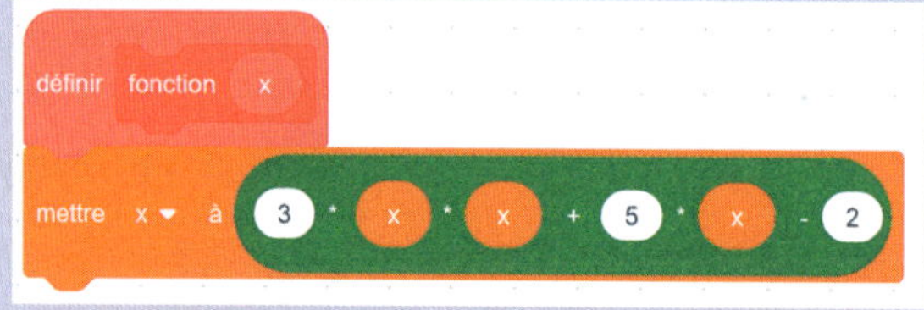

ASTUCE DU CHEF

- Avant de définir une fonction, il faut déterminer les variables qu'elle va utiliser.

À VOS FOURNEAUX – EXERCICE BREVET

1 Compléter en remplaçant les pointillés par les bonnes valeurs pour que le losange tracé à main levée ci-dessous soit dessiné par le programme.

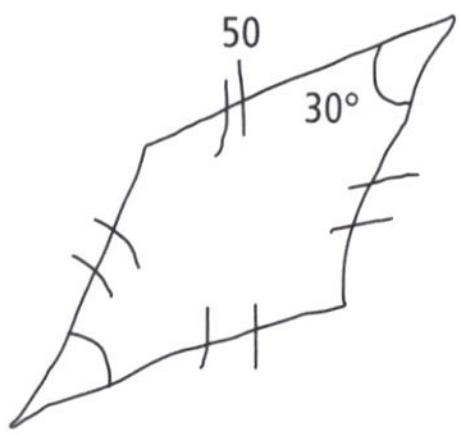

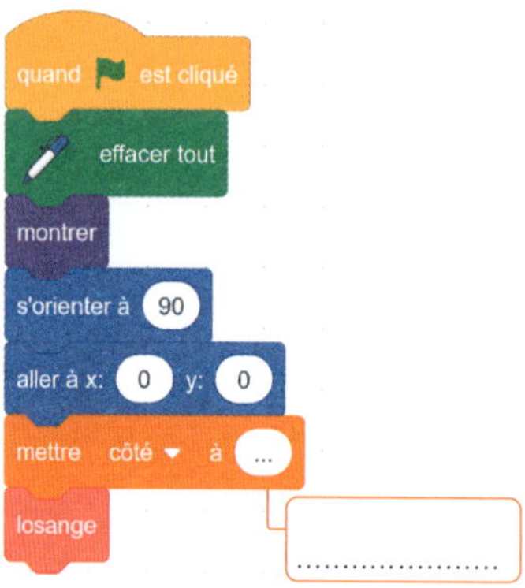

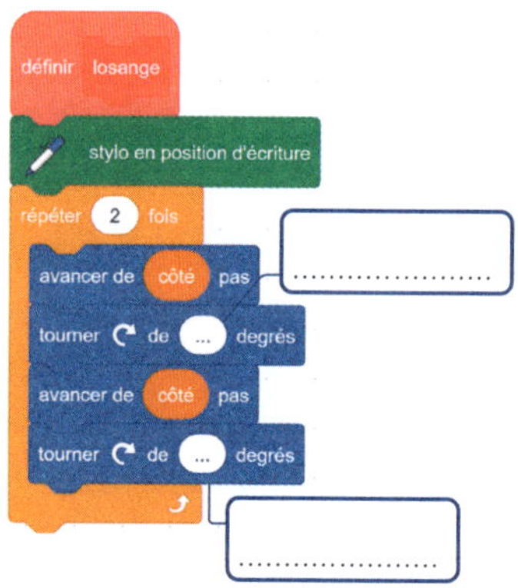

▶ Corrigé en fin d'ouvrage

Formulaire

Numérique

FRACTIONS

- Pour **additionner** ou **soustraire** deux fractions, il faut qu'elles aient un même dénominateur.
- Pour **multiplier** deux fractions, on multiplie les numérateurs entre eux, et les dénominateurs entre eux.
- Pour **diviser** deux fractions, on multiplie la 1re par l'inverse de la 2de.

ARITHMÉTIQUE

- Un nombre est premier s'il admet deux diviseurs distincts : **1** et **lui-même**.
- Une fraction est **irréductible** si le numérateur et le dénominateur n'ont pas de diviseurs en commun.

PUISSANCES

Soit a un nombre non nul :

- a^n = produit de n facteurs égaux à a
- $a^1 = a$
- $a^0 = 1$
- $a^{-n} = \frac{1}{a^n}$

RACINES CARRÉES

Si a est un nombre positif, alors $\sqrt{a^2} = a$ et $\sqrt{a}^2 = a$.

CALCUL LITTÉRAL

- $k(a + b) = ka + kb$
- $(a + b)(c + d) = ac + ad + bc + bd$
- $(a - b)(a + b) = a^2 - b^2$

RÉSOUDRE UNE ÉQUATION

- Du **1er degré** : il faut la ramener à une équation de référence du type $ax = b$ ou $x + a = b$.
- **Équation produit** : un produit de facteurs est nul si, et seulement si, l'un des facteurs au moins est nul.

FONCTIONS LINÉAIRES

- Expression algébrique : $f(x) = ax$.
- Représentation graphique : **une droite passant par l'origine du repère**.

FONCTIONS AFFINES

- Expression algébrique : $f(x) = ax + b$.
- Représentation graphique : **une droite**.

STATISTIQUES

- **Moyenne brute** = $\frac{\text{somme de toutes les valeurs}}{\text{nombre total de valeurs}}$
- **Moyenne pondérée** = $\frac{\text{somme des produits de chaque valeur par son coefficient}}{\text{somme des coefficients}}$
- La **médiane** m d'une série statistique ordonnée est une valeur qui partage cette série en deux séries de même effectif.
- **Étendue** = *Valeur maximale – Valeur minimale*

PROBABILITÉS

- Si A est un événement, alors : $0 \leq p(A) \leq 1$.
- $p(A) + p(\text{nonA}) = 1$
- S'il y a **équiprobabilité**, $p(A) = \frac{\text{nombre d'issues où A est réalisé}}{\text{nombre total d'issues}}$

Géométrique

TRIANGLE RECTANGLE ET PYTHAGORE

- Si ABC est rectangle en A, alors **$BC^2 = BA^2 + AC^2$**.

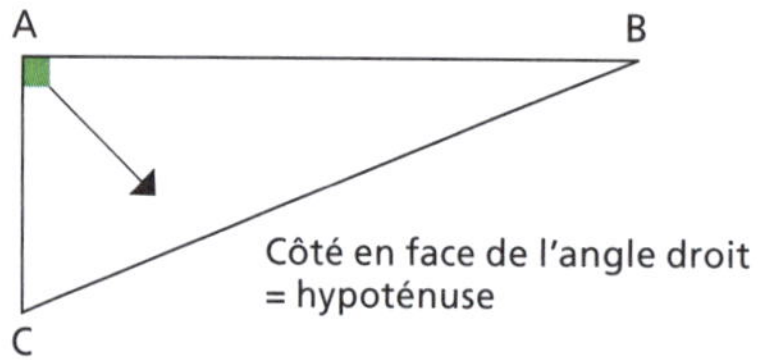

- **Réciproque du théorème de Pythagore** : si $BC^2 = BA^2 + AC^2$, alors le triangle ABC est un triangle rectangle en A.

TRIANGLE RECTANGLE ET TRIGONOMÉTRIE

Dans le triangle ABC rectangle en A, on a :

- $\cos \widehat{ABC} = \frac{BA}{BC}$
- $\sin \widehat{ABC} = \frac{AC}{BC}$
- $\tan \widehat{ABC} = \frac{CA}{BA}$

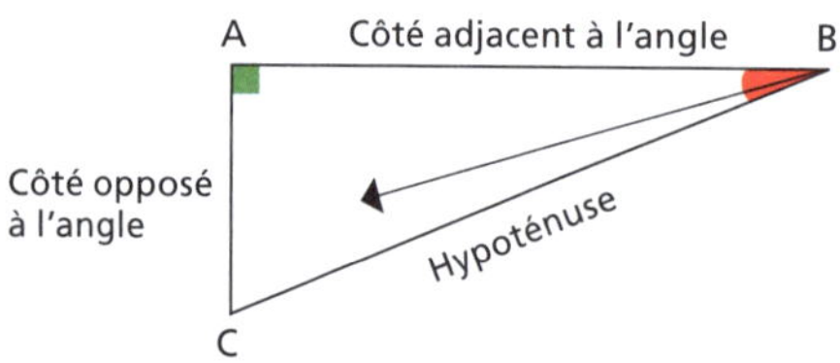

PROPRIÉTÉ DE THALÈS

- **Théorème de Thalès** : soient (*d*) et (*d'*) deux droites sécantes en A ; B et N deux points distincts de (*d*) ; C et M deux points distincts de (*d'*).

Si (BC) est parallèle à (MN), alors $\frac{AM}{AC} = \frac{AN}{AB} = \frac{MN}{BC}$.

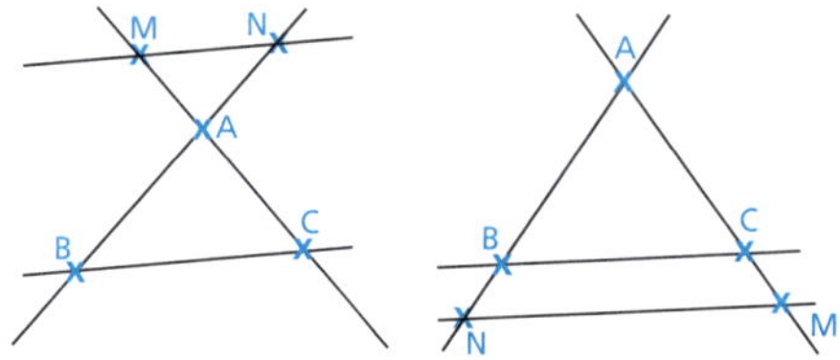

- **Réciproque du théorème de Thalès** : soient deux droites (*d*) et (*d'*) sécantes en A ; B et M deux points de (*d*) distincts de A ; C et N deux points de (*d'*) distincts de A.

Si les points A, B, M et A, C, N sont dans le même ordre et si $\frac{AM}{AB} = \frac{AN}{AC}$, alors les droites (BC) et (MN) sont parallèles.

ANGLES

La somme des mesures des angles d'un triangle vaut **180°**.

AIRES

- Rectangle = longueur × largeur
- Carré = côté × côté
- Parallélogramme = base × hauteur
- Triangle = $\frac{\text{base} \times \text{hauteur}}{2}$
- Cercle = $\pi \times R^2$
- Sphère = $4 \times \pi \times R^2$

VOLUMES

- Pavé droit = $L \times l \times h$
- Prisme droit = aire de la base × hauteur
- Pyramide et cône de révolution $= \frac{\text{aire de la base} \times \text{hauteur}}{3}$
- Boule de rayon $R = \frac{4 \times \pi \times R^3}{3}$

CORRIGÉS

FICHE 1

1 On décompose en produit de facteurs premiers. $26 = 2 \times 13$ et $48 = 2^4 \times 3$. Le nombre $2^4 \times 13 \times 3 = 624$ est le plus petit commun multiple à 26 et à 48. Le pignon 1 doit donc effectuer $\frac{624}{26} = 24$ tours, et le pignon 2 doit effectuer $\frac{624}{48} = 13$ tours pour être dans la même position.

2 216 et 126 sont divisibles par 2, la fraction $\frac{216}{126}$ n'est donc pas irréductible.

$216 = 18 \times 12$ et $126 = 18 \times 7$, donc $\frac{216}{126} = \frac{12}{7}$ est irréductible.

FICHE 2

1 A = −8,5
B = +11,4 = 11,4
C = (−5,2) + (+4,2) = −1

2 D = 4 + 2 + 8 − 5 − 9 − 4 = 14 − 18 = −4
E = 6 + 7 − 4 − 5 − 8 − 10 = 13 − 27 = −14

3 A = (−5) + (+8) = 3
B = (+8) + (−11) = −3
C = 3 + (−3) = 0

FICHE 3

1 A = 3 × 5 = 15
B = −15
C = −15
D = 15

2 E = −2,5
F = 2
G = −17
H = 11

3 **a.** Faux ; **b.** Vrai ; **c.** Faux ; **d.** Vrai.

FICHE 4

1 $A = \frac{3}{5} + \frac{1}{2} \times \frac{4}{6} = \frac{3}{5} + \frac{4}{12} = \frac{3}{5} + \frac{1}{3} = \frac{9}{15} + \frac{5}{15} = \frac{14}{15}$

$B = \frac{\frac{2}{3} + \frac{5}{6}}{7} = \frac{\frac{4}{6} + \frac{5}{6}}{7} = \frac{\frac{9}{6}}{7} = \frac{\frac{3}{2}}{7} = \frac{3}{2} \times \frac{1}{7} = \frac{3}{14}$

2 $1 + \frac{1}{2} + \frac{2}{3} + \frac{3}{4} = \frac{12}{12} + \frac{6}{12} + \frac{8}{12} + \frac{9}{12} = \frac{12 + 6 + 8 + 9}{12} = \frac{35}{12}$

FICHE 5

1 **a.** $\sqrt{7} \simeq 2{,}65$

b. $\frac{\sqrt{5} + 1}{2} \simeq 1{,}6$

2 **a.** Route mouillée → $k = 0{,}14$. On résout $15 = 0{,}14\, V^2$ donc $V^2 = \frac{15}{0{,}14}$. $V^2 \simeq 107$, donc $V \simeq 10{,}35$ m/s.

b. Route sèche → $k = 0{,}08$. On résout $50 = 0{,}08\, V^2$ donc $V^2 = \frac{50}{0{,}08} = 625$. Donc $V = 25$ m/s.

FICHE 6

1 256 ÷ 3 ≃ 85,33, on peut donc télécharger 85 morceaux.

2 $2{,}53 \times 10^{15} = 2\,530\,000\,000\,000\,000$

3 $(3 + 5 \times 2)^2 - 5^2 = (3 + 10)^2 - 5^2 = 13^2 - 5^2 = 169 - 25 = 144$

FICHE 7

1 **a.** $(x - 3)^2 = (x - 3)(x - 3) = x^2 - 3x - 3x + 9 = x^2 - 6x + 9$
b. Si $x = -2$, alors $(-2 - 3)^2 = (-5)^2 = 25$.

2 $A = 2x(x - 1) - 4(x - 1) = 2x^2 - 2x - (4x - 4) = 2x^2 - 2x - 4x + 4 = 2x^2 - 6x + 4$

3 On repère que $(3x + 2)$ est un facteur commun.
$B = (3x + 2)^2 - (x + 7)(3x + 2) = (3x + 2)((3x + 2) - (x + 7)) = (3x + 2)(3x + 2 - x - 7) = (3x + 2)(2x - 5)$

FICHE 8

1 **a.** $x + 3 = 7 \leftrightarrow x = 4$

b. $x + \frac{1}{7} = \frac{2}{3} \leftrightarrow x = \frac{2}{3} - \frac{1}{7} = \frac{14 - 3}{21} = \frac{11}{21}$

c. $5x = 7 \leftrightarrow x = \frac{7}{5}$

d. $3x = -7 \leftrightarrow x = -\frac{7}{3}$

e. $3x + 5 = x - 5 \leftrightarrow 3x - x = -5 - 5 \leftrightarrow 2x = -10 \leftrightarrow x = -\frac{10}{2} = -5$

f. $3(x + 7) = 5x \leftrightarrow 3x + 21 = 5x \leftrightarrow -2x = -21 \leftrightarrow x = \frac{21}{2}$

2 $2(x - 6) = 3(4x - 7) \leftrightarrow 2x - 12 = 12x - 21 \leftrightarrow 2x - 12x = 12 - 21 \leftrightarrow -10x = -9 \leftrightarrow x = \frac{-9}{-10} = 0{,}9$

3 **a.** $(x-5)(x+6)=0 \leftrightarrow x-5=0$ ou $x+6=0 \leftrightarrow$ $x=5$ ou $x=-6$. Les solutions sont 5 et −6.

b. $(2x+3)(x-2)=0 \leftrightarrow 2x+3=0$ ou $x-2=0 \leftrightarrow$ $x=-\frac{3}{2}$ ou $x=2$. Les solutions sont $-\frac{3}{2}$ et 2.

FICHE 9

1 **a.** 50 700 × 0,4 = 20 280.
0,4 kg d'or coûte 20 280 €.

b. Recherche d'une 4e proportionnelle :
$\frac{10\,000}{50\,700} \simeq 0{,}197$. On obtient 0,197 kg d'or.

2 On baisse de 25 %, donc on multiplie le prix par 0,75. Le disque dur coûte 45 €.

3 **a.**

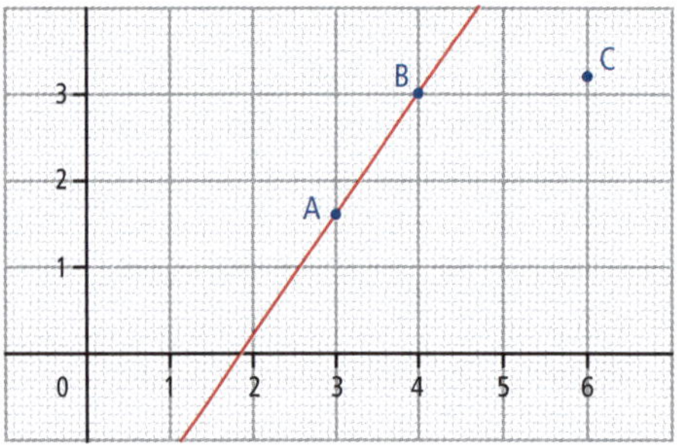

b. Les points A (3 ; 1,6), B (4 ; 3) et C (6 ; 3,2) ne sont pas alignés avec l'origine du repère, il n'y a donc pas proportionnalité.

FICHE 10

1 **a.** $f(0)=-25$
$f(-5)=25-25=0$
$f(4)=16-25=-9$
$f(3)=9-25=-16$

b. $x^2-25=0$, il y a deux solutions : 5 et −5.
$x^2-25=-26$, c'est-à-dire $x^2=-1$, ce qui est impossible car un carré est toujours positif.
$x^2-25=11$, c'est-à-dire $x^2=36$, il y a alors deux solutions : 6 et −6.

2 **a.** Les antécédents de 5 par f sont −1 et 1.

b. On a $f(0)=2$.

FICHE 11

1 **a.** La fonction f est linéaire, de coefficient égal à $R \rightarrow U=f(I)=RI$ donc $R=150$.

b. C'est une droite.

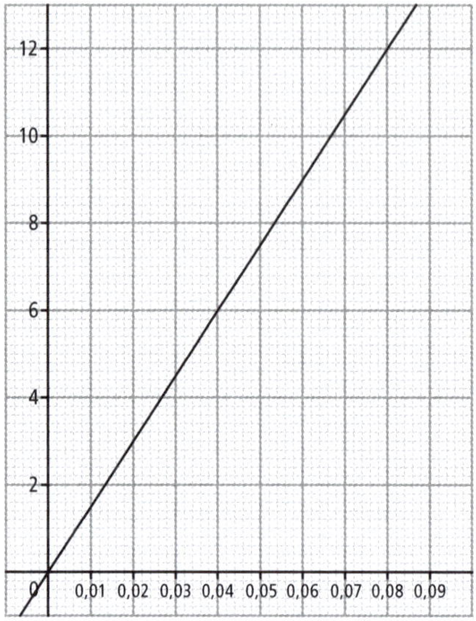

2 **a.** Si f est linéaire, elle est associée à une situation de proportionnalité. Donc, si on double la valeur du nombre, on doit doubler la valeur de l'image. Or, $f(1)=60$ et $f(2)=30$, il n'y a pas proportionnalité, la fonction f n'est donc pas linéaire.

3 $f(1)=1$ mais $f(2)=4$, il n'y a donc pas proportionnalité. La fonction n'est pas linéaire.

FICHE 12

1 **a.** Tarif 1 = $40x$.

b. Tarif 2 = $30+25x$.

c. Le tarif 1 est une fonction linéaire.
Le tarif 2 est une fonction affine.

2 En vert, la représentation graphique de f.
En rouge, la représentation graphique de g.

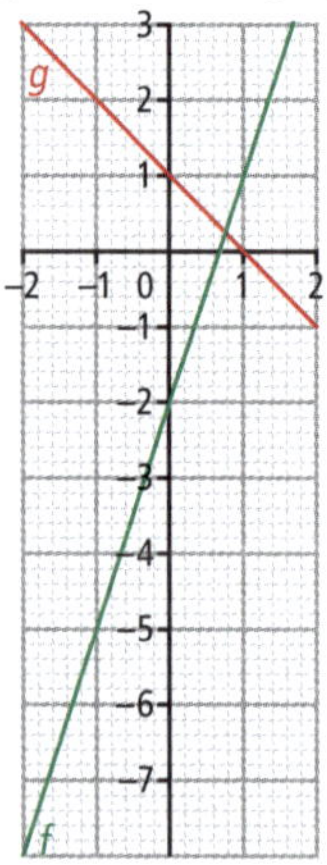

FICHE 13

1 Fréquence des élèves souffrant d'allergies alimentaires au collège : $\frac{32}{681} \simeq 0{,}047$, donc 4,7 %, c'est donc la même fréquence qu'au niveau national.

2 $\frac{8}{39} \simeq 0{,}205$, il y a donc 20,5 % d'allergiques aux fruits.

FICHE 14

1 **a.** Étendue = 48 – 30 = 18 kg.
b. On recherche la 13e valeur. Pour cela, on ordonne les valeurs par ordre croissant : on obtient 39. Il y a autant de récoltes de plus de 39 kg que de récoltes de moins de 39 kg.
c. Moyenne = $\frac{963}{25}$ = 38,52 kg de sel pour ce premier jour.

2 Étendue = 26 % – 12 % = 14 %.

FICHE 15

1 **a.** Il y a équiprobabilité, on a donc :
$p(\text{arrêt sur } 8) = \frac{1}{13}$.
b. $p(\text{arrêt case impaire}) = \frac{\text{nombre case impaire}}{\text{nombre total de cases}}$
$= \frac{6}{13}$.
c. À chaque lancer, la probabilité que la boule s'arrête sur une case est la même : $\frac{1}{13}$.
$p(\text{arrêt sur } 9) = \frac{1}{13} = p(\text{arrêt sur } 7)$. Il n'y a donc pas plus de chance d'un arrêt sur 9 qu'un arrêt sur 7.

2 **a.** Nombres pairs que l'on peut former : 12 ; 16 ; 22 ; 26 ; 32 ; 36.
Nombres impairs que l'on peut former : 13 ; 15 ; 23 ; 25 ; 33 ; 35.
On a donc autant de chances d'obtenir un nombre pair qu'un nombre impair.
b. Nombres premiers que l'on peut obtenir : 13 et 23.
c. $p(\text{obtenir un nombre premier}) =$
$\frac{\text{nombre de nombres premiers}}{\text{nombre total de nombres}} = \frac{2}{12} = \frac{1}{6}$

FICHE 16

1 **a.** Un rectangle qui n'est pas un carré admet deux axes de symétrie.
b. Un carré possède quatre axes de symétrie.

2 *La figure n'est pas à l'échelle.*

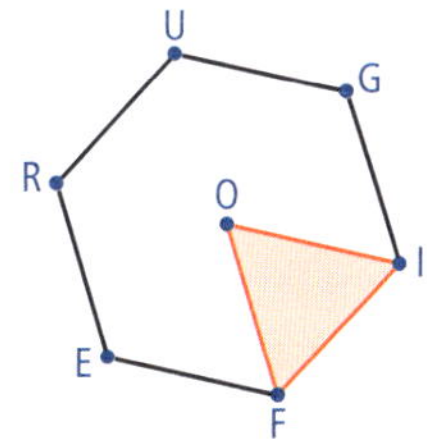

FIGURE semble être un hexagone régulier.

FICHE 17

1 **a.** Il s'agit d'un glissement rectiligne, c'est donc une translation.
b. Si on divise par 2 les dimensions, on effectue une réduction. Les aires seront donc divisées par $2^2 = 4$. Elle a donc tort.

2 **a.** L'hexagone 14 est transformé en hexagone 19.
b. L'hexagone 3 est transformé en hexagone 12.

FICHE 18

1 Il s'agit de la rotation de centre O et d'angle 240° dans le sens direct ou 120° dans le sens indirect. L'image du triangle BOC est DOE.

2 *La figure n'est pas à l'échelle.*

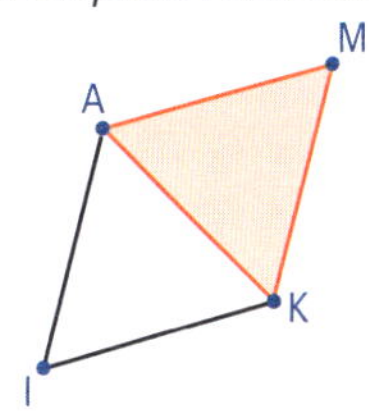

c. Le triangle AKI est équilatéral car KM = KI = KA. Il est isocèle en K.
$\widehat{MKI} = 120°$ or $\widehat{MKA} = 60°$ donc $\widehat{AKI} = 60°$.
Tous les angles sont égaux à 60°.

FICHE 19

1 **a.** La lecture du codage de la figure indique OC = 3 OA. Le rapport de l'homothétie qui transforme la figure A en figure C est donc 3.
b. $\frac{3}{5} = 3 \times \frac{1}{5}$ et OD = 5 OA, on applique d'abord l'homothétie de centre O de rapport $\frac{1}{5}$, la figure E devient la figure A. Puis on applique à la figure A l'homothétie de centre O et de rapport 3. On obtient alors la figure C. En conclusion, la figure E est transformée en figure C.

2 *La figure n'est pas à l'échelle.*

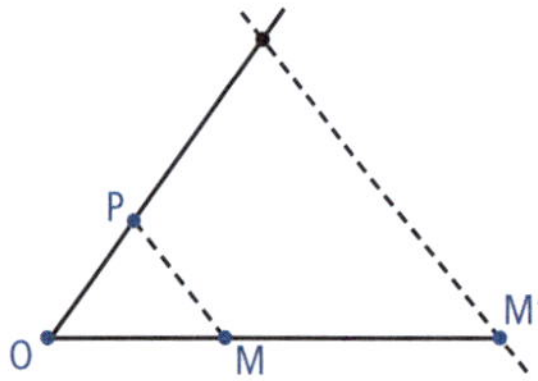

b. O, M et M′ sont alignés et OM′ = 2,5 OM, il s'agit donc de l'homothétie de centre O et de rayon 2,5.

FICHE 20

1 **a.** $\widehat{ABC} + \widehat{BCA} + \widehat{CAB} = 180°$, la somme des mesures des angles vaut 180°.
Donc $\widehat{CAB} = 180° - 65° - 25° = 90°$.
b. Le triangle ABC est donc un triangle rectangle en A.

2 **a.** AB = BC, le triangle ABC est donc isocèle en B. Les angles $\widehat{BCA}$ et $\widehat{CAB}$ ont la même mesure. Or, dans un triangle, la somme des mesures des angles vaut 180°. On obtient donc $\widehat{ABC} = \widehat{BCA} = \widehat{CAB} = 60°$. Le triangle ABC est équilatéral.
b. AC = BC, le triangle est donc isocèle en C.

3 **a.** Faux ; **b.** Vrai ; **c.** Vrai.

FICHE 21

1 *La figure n'est pas à l'échelle.*

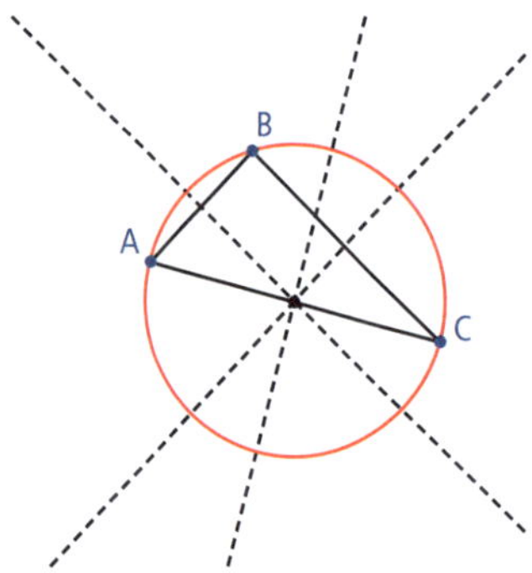

2 *La figure n'est pas à l'échelle.*

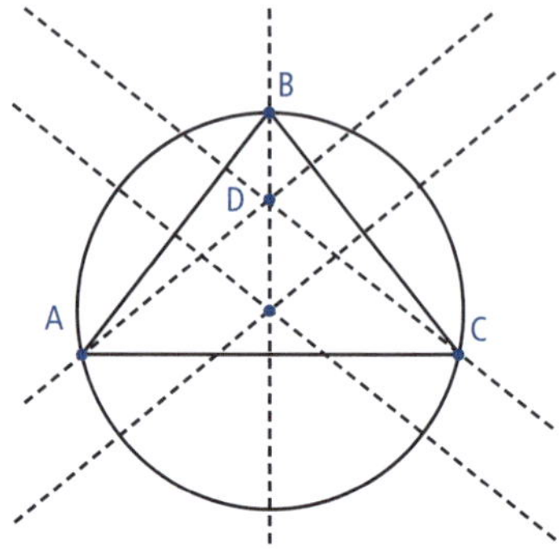

d. Ce point est l'orthocentre, c'est le point de concours des trois hauteurs du triangle ABC.

FICHE 22

1 **a.** On va montrer que les longueurs des côtés de l'un sont proportionnelles aux longueurs des côtés de l'autre.
$\frac{6}{7,5} = 0,8$; $\frac{3,2}{4} = 0,8$ et $\frac{6,8}{8,5} = 0,8$.
Les triangles CBD et BFE sont semblables.
b. Les triangles CBD et BFE sont semblables, l'un est donc l'image de l'autre par une homothétie, les angles ont donc les mêmes mesures. On a donc bien un angle droit.

2 **a.** $\widehat{BAH} = 60°$ car, dans un triangle rectangle, les angles non droits sont complémentaires.
On a $\widehat{HAC} = 30°$, puis $\widehat{ACH} = 60°$. On a donc deux couples d'angles égaux deux à deux, les triangles ABC et HAC sont donc semblables.
b. Le coefficient de réduction est donné par $\frac{AH}{AB} = \frac{3,5}{7} = 0,5$.

FICHE 23

1 Les droites (MP) et (BC) sont parallèles et la droite (AB) est une sécante. Les angles $\widehat{CBA}$ et $\widehat{AMP}$ sont des angles alternes-internes, puisque (MP)//(BC). Ils sont donc égaux.

2 **a.** Les angles $\widehat{FDB}$ et $\widehat{ADE}$ sont égaux car opposés par le sommet.
b. $\widehat{ADE} = 55°$
c. Les angles $\widehat{ADE}$ et $\widehat{EDB}$ sont supplémentaires. La somme de leur mesure vaut 180°
d. $\widehat{EDB} = 125°$.
e. Couples d'angles correspondants : $\widehat{FDB}$ et $\widehat{GED}$, $\widehat{FDA}$ et $\widehat{DEC}$, $\widehat{HEC}$ et $\widehat{EDA}$, $\widehat{HEG}$ et $\widehat{EDB}$.
Couples d'angles alternes-internes : $\widehat{ADE}$ et $\widehat{DEG}$, $\widehat{BDE}$ et $\widehat{CED}$.

FICHE 24

1 Le quadrilatère ABCD est non croisé et a ses diagonales qui se coupent en leur milieu, c'est un parallélogramme. Les côtés opposés sont donc parallèles deux à deux, d'où (AB)//(DC).

2

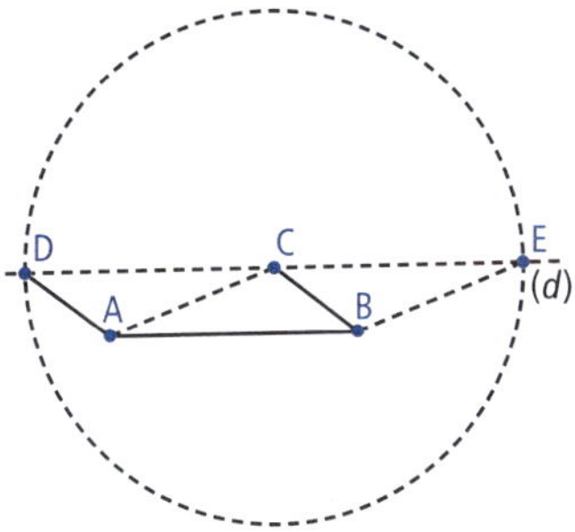

c. Le quadrilatère ABCD est un parallélogramme, tout comme le quadrilatère ABEC.

FICHE 25

1 Le codage indique OE = EL = LM = MO, OELM est donc un losange.

2 ABCD est un parallélogramme de centre O, donc les diagonales se coupent en leur milieu et OA = OB. Cela implique que les diagonales ont la même longueur, ABCD est donc un rectangle. Les droites (AC) et (BD) sont perpendiculaires, les diagonales sont donc perpendiculaires, ABCD est également un losange.
Conclusion : ABCD est à la fois un rectangle et un losange, c'est donc un carré.

FICHE 26

1 Le triangle BCD est rectangle en B, on peut donc utiliser le théorème de Pythagore : le carré de l'hypoténuse vaut la somme des carrés des deux autres côtés.
Autrement dit, $CD^2 = CB^2 + BD^2 \rightarrow 8{,}5^2 = 7{,}5^2 + BD^2$.
On a donc $BD^2 = 72{,}25 - 56{,}25 = 16$, d'où BD = 4 ou −4.
Or, BD représente une longueur et doit donc être positif → BD = 4 cm.

2 Le triangle DKA est rectangle en K, on peut donc utiliser le théorème de Pythagore.
On a alors $DA^2 = DK^2 + KA^2 \rightarrow 60^2 = 11^2 + KA^2$.
$KA^2 = 3\,600 - 121 = 3\,479$.
$KA = \sqrt{3\,479} \simeq 59{,}0$ donc 59 cm.

FICHE 27

1 **a.** Cas 1 : le côté le plus long est AC ($AC^2 = 100$).
On a $AB^2 + BC^2 = 8^2 + 5{,}9^2 = 98{,}91$.
$AC^2 \neq AB^2 + BC^2$, le théorème de Pythagore prouve que le triangle n'est pas un triangle rectangle.
b. Cas 2 : le côté le plus long est AC ($AC^2 = 100$).
On a $AB^2 + BC^2 = 8^2 + 6^2 = 100$.
$AC^2 = AB^2 + BC^2$, la réciproque du théorème de Pythagore prouve que le triangle est rectangle en B.

2 **a.** On utilise toutes les données de l'énoncé : 154 = AB + BC + AC ; 144 = AD + DC + AC ; BC = 56 ; AC = 65 et AD = 16.
On obtient alors 154 = AB + 56 + 65, c'est-à-dire 154 = AB + 121, donc AB = 33 m.
144 = 16 + DC + 65, c'est-à-dire 144 = 81 + DC, on a donc DC = 144 − 81 = 63 m.
b. Le côté le plus long est AC.
$AC^2 = 4\,225$
$AD^2 + DC^2 = 16^2 + 63^2 = 256 + 3\,969 = 4\,225$
On a $AC^2 = AD^2 + DC^2$, la réciproque du théorème de Pythagore prouve que le triangle ADC est rectangle en D.

FICHE 28

1 On calcule $\frac{PC}{PM}$ en utilisant une fraction irréductible : $\frac{3{,}78}{4{,}2} = \frac{378}{420} = \frac{18}{20} = \frac{9}{10}$.
On calcule $\frac{PT}{PW}$ en utilisant une fraction irréductible : $\frac{1{,}88}{2{,}3} = \frac{188}{230} = \frac{94}{115}$.
On compare les deux quotients : $\frac{9}{10} \neq \frac{94}{115}$.
Si les droites étaient parallèles, alors on pourrait appliquer le théorème de Thalès et les deux quotients seraient égaux. Ce n'est pas le cas, donc les droites (CT) et (MW) ne sont pas parallèles, les coutures ne sont donc pas parallèles.

2 **a.** On est dans la configuration de Thalès : (AB) et (AC) sécantes en A et R ∈ [AB] et T ∈ [AC]. Les droites (RT) et (BC) étant parallèles, le théorème de Thalès nous donne : $\frac{AR}{AB} = \frac{AT}{AC} = \frac{RT}{BC}$.
On remplace par les valeurs connues :
$\frac{4{,}5}{6} = \frac{AT}{7{,}2} = \frac{RT}{10}$.
Donc $AT = 7{,}2 \times \frac{4{,}5}{6} = 5{,}4$ cm.
b. $\frac{4{,}5}{6} = \frac{AT}{7{,}2} = \frac{RT}{10}$ donc $RT = 10 \times \frac{4{,}5}{6} = 7{,}5$ cm.

FICHE 29

1 **a.** (CD)//(AB) ; (AD) et (CB) sont sécantes en E.

On peut appliquer le théorème de Thalès, on a donc : $\frac{ED}{EA} = \frac{EC}{EB} = \frac{DC}{AB}$.

On remplace par les valeurs connues :

$\frac{6}{10} = \frac{EC}{16} = \frac{DC}{20}$. On a donc $\frac{6}{10} = \frac{DC}{20}$ d'où

$DC = CD = 20 \times \frac{6}{10} = 12$ cm.

b. Dans le triangle BEA, les points BFE et BGA sont alignés dans le même ordre. On calcule séparément les quotients $\frac{BF}{BE}$ et $\frac{BG}{BA}$.

$\frac{BF}{BE} = \frac{12,8}{16} = 0,8$ et $\frac{BG}{BA} = \frac{16}{20} = 0,8$. Il y a égalité, la réciproque du théorème de Thalès prouve que les droites (FG) et (AE) sont parallèles.

2 **a.** Les droites (OB) et (OA) sont sécantes en O et (AB)//(CD).

Le théorème de Thalès nous donne alors :

$\frac{OC}{OA} = \frac{OD}{OB} = \frac{CD}{AB}$, on remplace les valeurs connues :

$\frac{3}{3,5} = \frac{OD}{4,9} = \frac{1,8}{AB}$.

$\frac{3}{3,5} = \frac{OD}{4,9}$ donc $OD = 4,9 \times \frac{3}{3,5} = 4,2$ cm.

$\frac{3}{3,5} = \frac{1,8}{AB}$ donc $AB = 1,8 \times \frac{3,5}{3} = 2,1$ cm.

b. Les points AOE et BOF sont alignés dans le même ordre.

On calcule séparément les quotients $\frac{OE}{OA}$ et $\frac{OF}{OB}$.

$\frac{OE}{OA} = \frac{2}{3,5}$ et $\frac{OF}{OB} = \frac{2,8}{4,9} = \frac{4}{7}$; or $\frac{2}{3,5} = \frac{4}{7}$.

La réciproque du théorème de Thalès nous assure que les droites (EF) et (AB) sont parallèles.

FICHE 30

1 $\alpha \simeq 44°$

$\alpha = 60°$

$\alpha \simeq 6°$

2 **a.** ABC est rectangle en B, donc

$\tan\widehat{BAC} = \frac{BC}{BA} = \frac{7}{5} = 1,4$. Donc $\widehat{BAC} \simeq 54°$.

b. Dans un triangle rectangle, les angles non droits sont complémentaires donc $\widehat{ACB} \simeq 34°$.

FICHE 31

1 **a.** Dans le triangle ABC rectangle en B, le théorème de Pythagore nous donne

$AC^2 = AB^2 + BC^2 = 10^2 + 100^2 = 10\,100$,

donc $AC \simeq 100,5$ m.

b. Dans le triangle BCA rectangle en B, on a

$\tan\widehat{BCA} = \frac{AB}{BC} = \frac{10}{100} = 0,1$, donc $\widehat{BCA} \simeq 6°$.

2 **a.** Dans le triangle ABC rectangle en B, les angles non droits sont complémentaires, donc $\widehat{ACB} = 75°$.

b. BC est la longueur de l'hypoténuse,

$\cos\widehat{ABC} = \frac{BA}{BC}$, $\cos 15° = \frac{25}{BC}$,

donc $BC = \frac{25}{\cos 15°} \simeq 25,9$ m.

c. AC est la longueur du côté opposé à l'angle $\widehat{ABC}$, on a $\tan 15° = \frac{AC}{25}$, donc

$AC = 25 \tan 15° \simeq 6,7$ m.

FICHE 32

1 **a.** Le grenier est une pyramide à base rectangulaire. La partie « chambres » est une pyramide tronquée à base rectangulaire. La partie principale est un parallélépipède rectangle.

b. *Surface au sol = Surface du rectangle EFGH* = 12 × 9 = 108 m^2

c. – *Volume de la partie principale* = 108 × 3 = 324 m^3

– *Volume chambres* = *Volume pyramide IABCD* $= 108 \times \frac{6,75}{3} = 243$ m^3

– *Volume du grenier* = $RM \times \frac{MS}{3}$. Or, on a affaire à une réduction de coefficient $\frac{4,5}{6,75} = \frac{2}{3}$, donc $RM = \frac{2}{3} \times 12 = 8$ et $MS = \frac{2}{3} \times 9 = 6$.

D'où *Volume grenier* $= 8 \times \frac{9}{3} = 24$ m^3.

– *Volume chambres* = 243 – 24 = 219 m^3

Donc *Volume à chauffer de la maison* = 324 + 219 = 543 m^3.

FICHE 33

1 L'algorithme prend une valeur entrée par l'utilisateur, puis calcule et affiche le résultat de $(x - 10)^2$.

FICHE 34

1

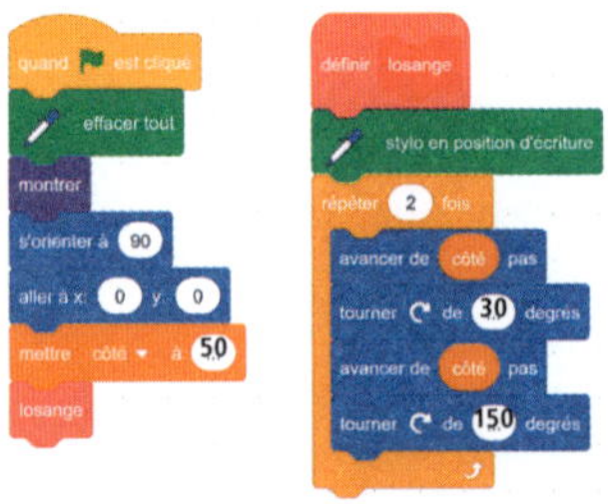